Gerd Süßmann Wegen Inkontinenz zum Adult Baby

Gerd Süßmann ist das Pseudonym eines inkontinenten Mannes, der viele Jahre als erwachsenes Baby und davon lange Zeit als erwachsenes Babymädchen leben durfte.

Gerd Süßmann

Wegen Inkontinenz
zum Adult Baby

Vom Mann zum erwachsenen Babymädchen

© 2021 Gerd Süßmann

Herstellung und Verlag: BoD – Books on Demand, Norderstedt

Printed in Germany

ISBN 978-3-7526-8366-0

Inhaltsverzeichnis

Vorwort

Blasenschwäche oder Inkontinenz ist eine sehr unangenehme Krankheit, weil man durch sie schnell in peinliche Situationen geraten kann. Ich weiß, wovon ich rede, denn ich leide seit meiner Jugend darunter. Allerdings habe ich den Vorteil, ‚nur' unter Stressinkontinenz zu leiden – zumindest hat mein Arzt es so bezeichnet. Das bedeutet, dass ich unter Stress zum Einnässen neige. Das geschieht meistens so schnell, dass ich nur mit Verzögerung versuchen kann, den Fluss zu stoppen. Manchmal gelingt mir das recht schnell, manchmal erst sehr spät – und entsprechend nass ist meine Hose und dementsprechend umfangreich der Schaden für mich als Mensch und Person. Also habe ich angefangen, schon als junger Erwachsener Windeln zu tragen – am Anfang war das ein komisches Gefühl. Allerdings hat es mir Sicherheit vor nassen Hosen beschert und damit mein Selbstbewusstsein beim Kontakt mit anderen Menschen gestärkt. Leider hat es mich aber auch eingeengt, beispielsweise beim Betreiben von Sport, denn ich mochte mich nicht in einem Mannschaftsumkleideraum als Windelträger zeigen. Vielleicht hätten es die anderen verstanden, aber das Risiko, Hohn und Spott ausgesetzt zu sein, ließ mich von Mannschaftssportarten Abstand nehmen.

Im Laufe der Jahre kamen dann andere Probleme hinzu, insbesondere bei der Suche nach einer Frau. Immerhin war es mir vergönnt, im Laufe der Jahre Menschen zu treffen, die mich nicht nur trotz meines Problems akzeptiert haben, sondern die meine stressbedingte Inkontinenz sogar zu einem Bestandteil meiner Sexualität gemacht haben. Damit eröffnete sich mir eine bis dahin unbekannte Welt, die der ‚Adult Babys' oder ‚Erwachsene Babys'. Ich wurde ein Bestandteil davon und hatte viele schöne und ein paar unschöne Erlebnisse. In jedem Fall habe ich viel über mich selber erfahren und, was noch viel bedeutsamer ist, eine glückliche Zeit gehabt.

Leider geht alles Schöne irgendwann vorüber, und so ist es auch bei mir gekommen. Unser Freundeskreis ist nach und nach aus verschiedenen Gründen auseinander gefallen. Zudem haben sich die sexuellen Vorlieben meiner langjährigen Freundin irgendwann in eine andere Richtung zu entwickeln begonnen, so dass sie eines Tages nicht mehr bereit war, die ‚Mami' zu spielen. Wir sind im Guten auseinander gegangen und sehen uns immer mal wieder. Die ‚alten, gemeinsamen Zeiten' sind dann aber ein Tabuthema.

Nun bin ich etliche Jahre älter und habe den Zenit meiner Lebenserwartung um zehn Jahre überschritten. Ich bin wieder Single und benötige immer noch Windeln, wenngleich der berufliche Stress nachgelassen hat. Vielleicht sehe ich im Beruf vieles etwas lockerer als früher, was eine Folge des zunehmenden Alters und der daraus resultierenden Gelassenheit und Erfahrung sein könnte.

Die Zeit als ‚Adult Baby' war eine interessante und sehr intensive Zeit, an die ich gerne zurückdenke. Vielleicht muss alles Schöne irgendwann enden, damit man das Erlebte angemessen würdigen kann, denn diese Angemessenheit scheint man während des Andauerns des Schönen nicht ausreichend wahrzunehmen. Dennoch sehne ich mich immer wieder nach meiner Zeit als ‚Adult Baby' zurück.

Mit diesem Buch schreibe ich meine persönliche Geschichte nieder, um mir die schöne Zeit nochmals zu vergegenwärtigen. Vielleicht erkennt sich ein anderes ‚Erwachsenes Baby' an der einen oder anderen Stelle wieder. Ich habe dieses Buch aber auch geschrieben in der Hoffnung, etwas zum Verständnis der ‚Adult Babys' beizutragen.

Damit lasse ich dieses Vorwort nun enden. Ich wünsche allen Leserinnen und Lesern viel Vergnügen bei der Lektüre!

Mit besten Grüßen
Gerd Süßmann

1. Immer wieder dieses Problem!

Der große Tag war endlich da: Ich hatte am Vortag meine Ausbildung zum Bürokaufmann abgeschlossen und war von der Firma übernommen worden. Damit markierte dieser Tag meinen Einstieg in das ,richtige' Arbeitsleben, denn obwohl ich die Kolleginnen und Kollegen ja alle aus meiner Lehrzeit kannte, war ich in ihren Augen erst mit dem Abschluss der Ausbildung und dem Arbeitsvertrag in der Tasche zu einem vollwertigen Mitglied der Belegschaft geworden. Tja, und nun wurde ich einer Abteilung zugewiesen und damit Teil des dortigen Teams.

Pünktlich zur vorgegebenen Zeit meldete ich mich an diesem besonderen Tag beim zuständigen Abteilungsleiter, der mich überaus freundlich begrüßte. Nach einigen Worten der Einführung wollte mir Herr Jung die Räumlichkeiten zeigen sowie mich der Belegschaft vorstellen.

„Oh, vielen Dank für das Angebot", erwiderte ich freundlich lächelnd, „aber ich kenne mich hier bestens aus, und die Leute kennen mich bestimmt auch noch alle."

„Das macht nichts, denn ab heute sind sie ja nicht irgendein Auszubildender, sondern ein richtiger Kollege. Also keine falsche Scheu, ich werde sie entsprechend vorstellen. Auf geht's!"

Der Ton ließ bei aller Jovialität keinen Widerspruch zu, und so wurde ich durch die mir bekannten Räume geführt und allen als ‚der Neue' vorgestellt. Am Ende der Runde führte mich Herr Jung zum Büro von Frau Wagner.

Nachdem wir eingetreten waren, zeigte mein Chef auf einen leeren Schreibtisch: „Das ist jetzt ihrer, Herr Kollege", wobei er leise lachte. „Ihnen gegenüber sitzt Frau Wagner, eines unserer besten Pferde im Stall, wenn Sie mir diese Bemerkung gestatten." Diesmal lachte er etwas lauter, während sich Frau Wagner nur ein gequältes Lächeln abrang. Ich registrierte diese unterschiedlichen Reaktionen sehr wohl, weshalb ich mit einem neutralen Lächeln reagierte. Dabei hoffte ich inständig, dass weder Frau Wagner noch Herr Jung an meiner Zurückhaltung Anstoß nehmen würden.

„Tja, dann lasse ich sie jetzt mal allein, damit sie sich besser kennen lernen können, denn ab heute sind sie ja gleichberechtigt. Wobei", hier machte Herr Jung ein nachdenkliches Gesicht, „so ganz richtig ist das natürlich nicht, denn Frau Wagner hat in der Anfangszeit die Aufsicht über sie, also das Sagen, und wird auf ihre Arbeit immer einen abschließenden Blick werfen. Aber sie haben ja einen guten Abschluss gemacht und kennen unseren Laden, da dürfte nichts schief gehen. Außerdem werden sie von einer wahren Koryphäe auf diesem Gebiet eingearbeitet, also dürfte es ganz schnell gehen, bis sie ihre Arbeit bis ins Detail beherrschen und vollkommen eigenverantwortlich arbeiten können."

Ein freundliches Lächeln begleitete sein Nicken in beide Richtungen, dann fiel hinter Herrn Jung die Tür ins Schloss. Ich blieb mit Frau Wagner allein zurück.

Nun stand Ich also tatsächlich in meinem eigenen Büro! Gut, ich musste es mir mit einer Kollegin teilen, aber es war trotzdem ein tolles, geradezu ein erhebendes Gefühl.

‚Meine erste Stelle', dachte ich, und mit einem Blick auf die Kollegin fügte ich still hinzu: ‚und die Kollegin ist eine überaus angenehme Erscheinung. Ich hätte auch bei der Schreckschraube gegenüber landen können, die nur mit angewidertem Gesichtsausdruck herumläuft.' Tatsächlich war die Kollegin Zimmermann für ihren griesgrämigen Gesichtsausdruck bekannt, den sie immer und überall zu tragen pflegte. Den Grund dafür kannte niemand, aber sie war seinetwegen oft Gegenstand von Witzen und Parodien, die hinter ihrem Rücken gemacht wurden. Ob sie davon wusste, konnte niemand sagen.

Schon in den ersten beiden Stunden, die Ich mit Frau Wagner in unserem gemeinsamen Büro verbrachte, wurde mir von ihr unmissverständlich klargemacht, dass sie als Dienstälteste und zudem erfahrene Sachbearbeiterin den Raum als ihr Hoheitsgebiet ansah, in den man mich über ihren Kopf hinweg einquartiert hatte. Sie zeigte unverhohlen, dass sie auf die Einarbeitung eines neuen Kollegen keine Lust hatte, auch wenn wir uns aus meiner Ausbildungszeit flüchtig kannten. Da die Entscheidung für meinen Arbeitsplatz jedoch vom Chef kam und Frau Wagner wie auch das gesamte Personal von der Raumnot in ihrer Abteilung wusste, konnte sie der Entscheidung nicht widersprechen. Aber nun, da das für sie Unvermeidliche eingetreten war, zeigte sie mir deutlich, dass sie über meine Anwesenheit nicht glücklich war. Ich verstand, dass ich nur dann Aussicht auf eine vernünftige Zusammenarbeit haben würde, wenn ich mich in den Augen von Frau Wagner fachlich sehrt gut schlug und mich menschlich anständig benahm.

Nach der üblichen Phase der Inbesitznahme eines neuen Arbeitsplatzes durch Einstellen der Stuhlhöhe und des Computerbildschirms auf die eigene Größe sowie des Schreibtischeinräumens wurden mir zunächst die Inhalte der Aktenschränke gezeigt. Ich bekam von Frau Wagner eine sehr detaillierte Übersicht, wo bestimmte Akten zu liegen hatten und wo nicht. Trotz des etwas reservierten Tonfalls machte meine Kollegin alles in allem einen sympathischen Eindruck auf mich, auch wenn sie mit ihren fünfundfünfzig Jahren nicht zu der Altersgruppe gehörte, die ich mir mit meinen zwanzig Jahren insgeheim als Kollegin gewünscht hatte. Ich hatte nämlich wiederholt gelesen, dass die meisten Beziehungen am Arbeitsplatz entstehen würden und dass das Büro das beste Eheanbahnungsinstitut der Welt sei. Ob das zutraf, wusste ich natürlich nicht, aber ich wollte es gerne glauben, zumal der Anteil an weiblichen Beschäftigten zumindest eine Vielzahl an Möglichkeiten eröffnete. Deshalb hatte ich mir vorgenommen, mit Höflichkeit und Humor zu glänzen und dadurch vielleicht mein Liebesglück zu finden. Immerhin gab es nicht nur in dieser Abteilung, sondern in der ganzen Firma viele hübsche Frauen. Ich hoffte, dass der Flurfunk ein positives Image über mich verbreiten würde, das dann vielleicht auch Damen in anderen Abteilungen auf mich als Mensch aufmerksam werden ließ. Wenn mich eine Frau als Mensch und Mann toll finden und auf Grund der Zusammenarbeit etwas besser kennen lernen würde, könnte ihr vielleicht das kleine Problem, das mich schon seit meiner Kindheit verfolgte, nichts ausmachen.

Ein Räuspern riss mich in die Wirklichkeit zurück.

„Träum zu Hause weiter, hier wartet Arbeit auf dich!" Frau Wagner deutete beinahe vorwurfsvoll auf einen kleinen Berg von Akten, die sie mir auf den Schreibtisch gelegt hatte. „Nur ein paar harmlose Kleinigkeiten, um mit der Arbeit vertraut zu werden", kommentierte sie, „denn nun geht es um ein anderes Niveau als während der Ausbildung."

Ich nickte nur. Viel Zeit zum Feiern des Einstandes würde mir also nicht bleiben, denn ich musste mich so schnell wie möglich in die Feinheiten der diversen Vorschriften meines Aufgabengebietes sowie in die konkreten Vorgänge einarbeiten. Schließlich war zu befürchten, dass Frau Wagner jede Kleinigkeit an den Chef melden würde, und wegen der üblichen Probezeit wollte ich mir keine vermeidbaren Fehler leisten.

Trotzdem konnte Frau Wagner nicht verhindern, dass die übrigen Mitarbeiter der Abteilung vorbeischauten, um ‚den Neuen' zu begrüßen. Auf Grund der Ausbildungszeit kannten mich viele vom Sehen, manche auch etwas besser, weil sie mich seinerzeit in die Feinheiten des Berufslebens eingeführt hatten. Vor diesem Hintergrund verlief die kleine Feier in gelöster Atmosphäre. Gleichwohl war sie nicht besonders lang, denn auf allen Arbeitsplätzen stapelte sich die Arbeit, so dass die Einstandsfeier schneller als üblich vorbei war. Ebenso wie der erste Arbeitstag, an dessen Ende ich zu Hause erfreut feststellte, dass alles sehr glimpflich verlaufen war und der erste Arbeitstag nicht von meinem kleinen Problem verdorben worden war: Das Handtuch, dass ich während des gesamten Tages zum Schutz vor dem Einnässen in meinen Shorts getragen hatte, war fast trocken geblieben! Sicherheitshalber hatte ich aber noch mehrere Handtücher als Reserve in meiner Aktentasche gehabt. Ich war froh, sie nicht benötigt zu haben.

Das sollte jedoch nicht so bleiben, denn bereits am nächsten Tag begann für mich der Alltag – und der war überaus rau! Frau Wagner erklärte mir zunächst in epischer Länge die zu beachtenden Vorschriften und drückte sie mir zudem auch noch zum Lesen in die Hand. Als ob ihre Erläuterungen und meine Notizen nicht für den Anfang reichen würden! Zudem hatte ich ja bereits während meiner Ausbildung viele Grundlagen gelernt und konnte darauf nun aufbauen, aber das schien Frau Wagner nicht zu interessieren.

Nach den Erläuterungen zu den Vorschriften wurde ich im weiteren Tagesverlauf von Frau Wagner in die Feinheiten der Aktenbearbeitung eingewiesen. Das gestaltete sich schon wesentlich schwieriger, weil es immer eine Vielzahl von Kleinigkeiten zu beachten gab. Frau Wagner wusste um diese Schwierigkeiten und behielt sich deshalb das Recht vor, alle meine Schreiben und Vermerke zu prüfen, bevor sie in die

Akte kamen oder in den Geschäftsgang gingen. Das war mir im Grunde ganz recht, denn als Berufseinsteiger fühlte ich mich doch noch etwas unsicher. Tatsächlich unterliefen mir am Anfang auch hin und wieder kleinere Fehler. Süffisant wies sie mich darauf hin, wobei sie es immer schaffte, freundlich zu sein und mich doch zu schelten: „Mach dir nichts draus", meinte sie ein ums andere Mal tröstend, wenn sie wieder einen Fehler gefunden hatte, „wir haben alle mal so angefangen. Obwohl du es langsam begreifen könntest, denn wer die Ausbildung mit einer so guten Note abschließt, kann eigentlich nicht dumm sein."

Anfangs hatte Ich keine Probleme mit dieser Form der Kritik, denn von zu Hause war ich seit meiner Kindheit einer strengen Ton gewohnt. Nach ein paar Tagen begannen mich die kleinen Spitzen aber doch zu ärgern, denn schließlich hatte ich mir jedes Mal große Mühe gegeben und war überzeugt, alles genau richtig gemacht zu haben. Dieser Zustand der Freude und des Stolzes hielt allerdings nur solange an, bis Frau Wagner einen flüchtigen Blick auf meine Arbeit geworfen hatte. Sie benötigte nur wenige Sekunden, um kleinere Fehler oder Unstimmigkeiten aufzudecken. Aus der anfänglichen Freude über die nützlichen Hinweise wurde wegen der bissigen Kommentare langsam aber sicher Frust. Ich versuchte trotzdem ein Lächeln, aber statt freundlich wirkte es zunehmend gequälter. Irgendwann kam die Befürchtung hinzu, dass es bei anhaltender Kritik wohl nichts mit dem unbefristeten Vertrag werden würde, da ich möglicherweise die Probezeit nicht überstehen würde. Damit kam zu dem ohnehin schon großen Stress noch die Zukunftsangst hinzu. Um diese Probleme zu bekämpfen, gab ich mir besonders viel Mühe – was aber zu Lasten der Schnelligkeit ging. Nun gab es keine Sticheleien wegen meiner Fehler, sondern wegen der langen Dauer für die ‚Erledigung einfachster Arbeiten', wie Frau Wagner es auszudrücken pflegte.

Die erste Woche überstand ich noch so halbwegs, aber in der zweiten Woche war der Stress schließlich so groß, dass es für meine schwache Blase zuviel war. Als mir Frau Wagner eines Tages einmal mehr eine Standpauke wegen eines Fehlers hielt, entlud sich ein kräftiger Strahl Urin in meine Hose. Ich erstarrte beinahe zur Salzsäule, aber endlich konnte ich den Abfluss stoppen. Frau Wagner hatte entweder nichts bemerkt oder sie ignorierte einfach mein Verhalten. Sehr wahrscheinlich hatte sie nichts bemerkt, denn im Grunde war sie eine sehr gutmütige Frau, die mir nichts Böses wollte, sondern mich einfach nur sehr sorgfältig einarbeiten wollte. Da sie selber sehr viel Arbeit hatte, war eine solche Zusatzbelastung für sie nicht einfach zu verkraften, weshalb sie gereizter reagierte als es angemessen war. Das bekam ich aber erst später mit. In der Anfangszeit war es mir nicht bewusst, stattdessen fühlte ich mich in meine Kindheit zurückversetzt, wo mich große Veränderungen wie der Besuch des Kindergartens so nervös gemacht hatten, dass ich mit dem Einnässen anfing. Natürlich wussten alle, dass das Einnässen in diesem Alter nicht normal sei. Meine Mutter schleifte mich auch sofort zu Doktor

Schwarze, unseren Hausarzt, auf. Dieser hörte sich das Problem an und machte ein paar Untersuchungen. Am Ende hatte er ein tröstendes Ergebnis parat: „Also, Ihr Sohn ist organisch kerngesund. Es liegt weder eine Blasenschwäche noch eine andere Erkrankung vor."

„Aber warum pinkelt er dann immer in die Hose?"

„Das ist der Stresse."

„Stress? Im Kindergarten? Da spielen sie doch bloß!"

„Das sind die veränderten Umstände sowie die anderen Kinder. Einige davon sind ja ganz schöne Rabauken." Beim Gedanken an einige Jungen und ihre Streiche, die zum Dorfgespräch geworden waren, musste der Doktor schmunzeln. „Machen Sie sich keine Gedanken, das wird schon. Sobald er sich eingelebt hat, wird das Einnässen aufhören. Bis dahin wickeln sie sein kleines Ding in ein Handtuch und ziehen ihm zwei Schlüpfer übereinander. Wenn ihm dann ein Malheur passiert, kann die Feuchtigkeit nicht bis zur Oberhose durchdringen. Auf diese Weise muss er nicht ständig umgezogen werden."

„Aber... wann hört das denn mal auf?"

„Wie ich schon sagte: Sobald er sich an die neue Situation gewöhnt hat, wird das ganz von alleine aufhören. Irgendwann bleibt dann sein Höschen trocken. Machen Sie sich also keine Sorgen!"

Diese Worte klangen sehr schön, und tatsächlich bekam ich von diesem Tag an ein Handtuch in meine Unterhose. Das war ein sehr ungewohntes und vor allem beschämendes Gefühl, aber mit zunehmendem Zeitablauf gewöhnte ich mich sowohl an den Schutz in meiner Unterhose als auch an das Leben im Kindergarten. Selbst die Raufbolde mit ihren Attacken waren mir irgendwann vertraut, so dass der unkontrollierte Urinfluss nachließ und schließlich ganz versiegte. Die Vorhersage des Doktors schien sich also zu bewahrheiten.

Ein Jahr später kam jedoch das Problem mit der Einschulung zurück und die Schutzmaßnahme wurde beibehalten. Während des normalen Unterrichts war das keine große Schwierigkeit, aber beim Sportunterricht wurde es kritisch. Ich musste daran teilnehmen, aber im Umkleideraum musste man sich ja mit den anderen zusammen umziehen. Ich schämte mich für mein Problem und hatte zudem große Angst, von den anderen ausgelacht zu werden. Da wir aber fast nur Spiele, die mir ohnehin gefielen, gemacht haben, nässte ich während des Sportunterrichts nur soviel ein, dass das Handtuch alles gut auffangen konnte. Im Umkleideraum ging es immer hoch her. Ich verdrückte mich in eine hintere Ecke und konnte tatsächlich verhindern, dass jemand das Handtuch bemerkte. Zumindest bildete ich mir das ein, denn hin und wieder kamen einzelne Bemerkungen von Mitschülern, aber ich wurde weder gehänselt noch ausgeschlossen. Zum Glück beschränkte sich ‚das Problem', wie das Einnässen von meinen Eltern immer verschämt genannt wurde, auf die ersten Wochen nach einer Veränderung und verschwand dann. So überstand ich die Grundschule und möchte deren Besuch im Nachhinein als eine beinahe unbeschwerte Zeit bezeichnen.

Dann stand der Wechsel von der Grundschule zu einer weiterführenden Schule an. Ich kam auf die Realschule, und natürlich wiederholte sich alles. Wieder hatte ich das Glück, mich recht schnell an die neue Situation, die neue Örtlichkeit und vor allem an die neuen Mitschüler zu gewöhnen. So brauchte ich nur in der Anfangsphase beim Umziehen zum Sportunterricht unbemerkt zu bleiben. Als das Einnässen nachließ, ersetzte ich das Handtuch durch einen Waschlappen, was vollkommen ausreichend war und sich natürlich auch einfacher verbergen ließ.

Da ich ein relativ guter Schüler war, verschwand ‚das Problem' nach drei oder vier Wochen weitestgehend. Zwar war es nicht ganz weg, aber es tauchte nur noch hin und wieder auf, meistens vor wichtigen Klausuren. Da diese Klassenarbeiten nie vor dem Sportunterricht geschrieben wurden, konnte ich problemlos ein Handtuch statt eines Waschlappens in meine Unterhose legen.

Aber auch wenn sich das Problem des stressbedingten Einnässens für gewöhnlich recht schnell legte, blieb die Angst vor einer plötzlichen Entladung während der gesamten Schulzeit mein ständiger Begleiter. Vor allem im Sportunterricht, bei dem ich im Geräteturnen nicht besonders gut war, war die Stresssituation besonders groß. Nachdem meine blaue Turnhose zweimal einen verräterischen Fleck an diskreter Stelle gezeigt hatte, war ich auf schwarze Turnhosen umgestiegen. Die damit verbundene Hoffnung, dass die schwarze Farbe den dunklen Fleck übertünchen würde, erwies sich als berechtigt.

Als das Interesse an den Mädchen erwachte, traute ich mich nicht, aktiv zu werden. Zwar hätte ich nur zu gerne eine Freundin gehabt, aber es war klar, dass ich bei einem Date einen nassen Slip haben würde. Wie sollte ich das einem Mädchen erklären? Zudem hatte ich die große Sorge, dass sie es all ihren Freundinnen erzählen und mich damit lächerlich machen würde. Also unterdrückte ich meine Sehnsucht und verlegte mich stattdessen auf das Onanieren. Dabei stellte ich mir vor, wie ich die schönsten Mädchen der ganzen Schule ausgiebig verwöhnen würde. In der Realität würdigte mich dagegen keine von ihnen eines Blickes, wahrscheinlich weil ich unnahbar oder gar verklemmt wirkte.

Endlich war die Schulzeit überstanden. Nun kam mit der Ausbildung der Einstieg in das Berufsleben. Zwar musste ich wie alle anderen zur Berufsschule gehen, aber hier war der Sportunterricht nicht sehr wichtig, so dass fast nur Spiele gemacht wurden. Mit meinen schwarzen Turnhosen und einem Waschlappen im Schritt überstand ich diese Zeit, ohne dass jemand mein Problem registriert hätte.

Während der fachlichen Ausbildung hielt sich ‚das Problem' in noch viel engeren Grenzen, da mir das Lernen einmal mehr leicht fiel. Aber nun, auf meinem ersten richtigen Arbeitsplatz, lief es wegen der unwirschen und ungnädigen Frau Wagner nicht so wie gewünscht. Kein Wunder also, dass ‚das Problem' wieder da war!

Inzwischen hatte Frau Wagner beinahe täglich etwas an meiner Arbeit auszusetzen. Trotz ihrer Beteuerungen, dass alles halb so schlimm sei, machte ich mir wegen des Überstehens der Probezeit immer mehr Sorgen. Natürlich wurde ich nicht nur kritisiert, sondern auch immer wieder gelobt, aber in meiner Wahrnehmung überwog die Kritik und vergrößerte die Sorge, dass mich diese Kritik letztlich den Arbeitsplatz kosten könnte. Entsprechend oft entfuhr mir ein Urinstrahl. Natürlich trug ich längst wieder ein Handtuch in der Unterhose, aber auf Dauer konnte das keine Lösung sein. Mir war klar, dass irgendeine andere Form der Abhilfe her musste, aber mir fehlte die Idee, was das sein könnte. Noch überlagerte die Sorge um den Arbeitsplatz meine Suche nach einer Lösung, auch wenn diese Sorge im Nachhinein betrachtet völlig überzogen war. Im Grunde war ich mir dessen von Anfang an auch bewusst, aber gegen sein Unterbewusstsein kann niemand einfach ankommen.

So vergingen die Tage, und an jedem Arbeitstag nässte ich mindestens zweimal ein, nur die Menge variierte: Mal war es nur ein kleiner Strahl, mal ein etwas kräftigerer, mal hatte ich mich schnell und mal weniger schnell im Griff und entsprechend stark war der Austritt.

Nach einem Monat war der Stress so stark angestiegen, dass mir jetzt sogar nachts und auch am Wochenende das Malheur des Einnässens passierte. Das war natürlich ein großer Schock, mit nassem Schlüpfer und nassem Bettzeug aufzuwachen, zumal das in der gesamten Jugendzeit nur ganz wenige Male passiert war.

In dieser Situation wurde mir klar, dass es allerhöchste Zeit für die Suche nach einer Lösung war. Leider fiel mir nichts ein. Für meinen Lebensunterhalt musste ich arbeiten, das war klar. Trotz der ständigen Kritik von Frau Wagner machte mir der Aufgabenbereich sogar großen Spaß, so dass insoweit eine Veränderung nicht in Betracht kam. Blieb also nur, ‚das Problem' als lästige und peinliche Begleiterscheinung so gut wie möglich zu verstecken. Zumal das stressbedingte Einnässen auch für meine berufliche Zukunft gefährlich war, denn wer würde schon jemanden befördern, der sich bei ‚ein wenig Stress' in die Hose machen würde? Davon einmal abgesehen, dass ich auch den Traum von einer Freundin noch nicht aufgegeben hatte. Allerdings war es unvorstellbar, dass sich eine Frau für jemanden interessieren könnte, der bei der geringsten Aufregung eine nasse Hose bekam – und wenn ich einer Frau meine Liebe gestehen würde, würde ich mächtig aufgeregt sein! Liebesschwur mit überschwemmter Hose war bestimmt nicht das, wonach sich eine Frau sehnen würde.

„Scheiße!", murmelte ich vor mich hin, „Irgendetwas muss man doch machen können. Ob es Tabletten gibt?" Zur Entwässerung gab es welche, davon hatte ich bereits gehört, aber die brauchte ich nicht: ‚Entwässern tue ich mich schon von ganz alleine', dachte ich bitter.

Ich wälzte das Problem noch eine ganze Weile. Damals gab es noch kein Internet, so dass eine Lösungsfindung nicht so einfach wie heute war und man nicht mit wenigen Tastenklicks viele gute Ratschläge bekam. Deshalb musste ich schließlich

einsehen, alleine nicht weiterzukommen. Ich würde also pro-
fessionelle Hilfe brauchen, und das hieß in meinem Falle me-
dizinische.

„Doktor Schwarze", durchfuhr es mich, „der kennt mich und
das Problem, vielleicht weiß er ein Medikament, das hilft."

Bevor mich der Mut verließ, griff ich zum Telefonhörer und
wählte die Nummer von der Praxis. Als sich die Arzthelferin
meldete, ließ ich mir für den nächsten Tag einen Termin geben, während wegen der Scham und Aufregung der Urin das
Handtuch in meiner Unterhose durchtränkte, um anschließend
auf der grauen Jogginghose einen großen dunklen Fleck zu
hinterlassen – offensichtlich war ich wegen des Anrufgrundes
wesentlich aufgeregter als mir bewusst war.

Nach dem Telefonat säuberte ich mich und zog frische Hosen an. Dabei dachte ich hoffnungsfroh, dass mit diesem
Problem bald Schluss sein würde und ich endlich wie alle anderen Menschen meines Alters sauber und unbeschwert würde leben können.

2. Die erste Erwachsenenwindel

Endlich war der neue Tag angebrochen. Ich hatte eine unruhige Nacht gehabt, in der ich vor lauter Aufregung wegen der Untersuchung kaum Schlaf finden konnte. Trotzdem hatte ich es in einer der kurzen Schlafphasen geschafft, ins Bett zu machen. Da der Arzttermin erst abends war, hatte ich die Hoffnung, dass mich die Arbeit in der Firma ablenken würde. Leider war das Gegenteil der Fall, denn der Gedanke an die Untersuchung beschäftigte mich mehr und mehr. Daher unterliefen mir zahlreiche vermeidbare Fehler, die Frau Wagner natürlich sofort bemerkte. Anfangs waren ihre Kommentare von der üblichen Kategorie, aber nach dem dritten ‚Anfängerfehler' wurde ihr Ton schärfer. Das verstärkte den Druck auf mich und damit auch auf meine Blase. Das Ergebnis war ein höherer Verbrauch an Handtüchern. Allerdings war das vorhersehbar gewesen, so dass ich einen entsprechend größeren Vorrat mitgenommen hatte.

Während der Arbeit stellten die Zeiger der Uhr meine Nerven auf eine große Geduldsprobe: Manchmal schienen sie wie festgenagelt, dann wiederum hatte ich den Verdacht, dass die Uhr schlicht falsch gehe. Die Uhr im Computer bestätigte aber die Wanduhr, und so krochen die Stunden quälend langsam dahin.

Irgendwann war dann aber doch der lang ersehnte Feierabend erreicht. Rasch eilte ich nach Hause. Dort setzte ich mich auf die Toilette und wartete darauf, dass es Zeit wurde, in die Sprechstunde von Doktor Schwarze gehen zu können. Obwohl ich den gesamten Tag wenig getrunken hatte, schoss immer wieder ein Urinstrahl in die Toilettenschüssel.

‚Oh Mann', dachte ich, ‚wo soll das noch hinführen? Andere spielen Fußball, gehen in die Kneipe oder machen sonst was, aber ich sitze hier alleine auf dem Klo und pinkele wieder und wieder in die Schüssel.'

Endlich zeigte mir ein Blick auf die Uhr, dass es Zeit für den Arztbesuch sei. Rasch reinigte ich meinen Unterleib, steckte ein frisches Handtuch in die Unterhose und ordnete meine Kleidung. Dann machte ich mich auf den Weg und eilte in die Sprechstunde.

In der Praxis empfing mich die Sprechstundenhilfe mit den Worten: „Nehmen sie bitte einen Moment im Wartezimmer Platz, es ist heute viel los. Aber keine Sorge, es wird trotzdem recht schnell gehen, weil die Tochter von Herrn Doktor aushilft."

Ich kannte Monika Schwarze vom Sehen und wusste, dass sie wie ihr Vater Medizin studiert hatte. ‚Tja', dachte ich, ‚der Apfel fällt nicht weit vom Stamm.' Trotzdem mochte ich Monika nicht so recht, denn sie wirkte immer etwas burschikos und war zudem in ihrem Verhalten sehr direkt. Es war bekannt, dass sie kein Blatt vor den Mund nahm und bei den bisherigen Gelegenheiten, bei denen sie ihrem Vater in der Praxis geholfen hatte, hatten das bereits einige Patienten zu spüren bekommen.

Ich hoffte sehr, von ihrem Vater untersucht zu werden, denn mir ging durch den Kopf: ‚Der Monika kann ich unmöglich von meinem Problem erzählen, für sie müsste ich mir einen anderen Grund für mein Kommen ausdenken. Aber dann wäre der Besuch Zeitverschwendung. Hoffentlich komme ich nicht zu Monika!' Innerlich sandte ich ein stummes, aber intensives Stoßgebet zum Himmel. Ob es dort nicht ankam oder wegen meiner fehlenden Frömmigkeit ignoriert wurde, ist nie geklärt worden. Das Ergebnis war aber, dass ich nach einer längeren Zeit im Wartezimmer in ein Behandlungszimmer vorgelassen wurde. Kurz darauf rauschte auch schon Dr. Monika Schwarze herein.

„Hallo", grüßte sie mit leicht abwesendem Blick und war schon in mein Datenblatt vertieft, bevor ich auch nur zurückgrüßen konnte.

„Welche Probleme haben sie?", fragte sie ohne aufzuschauen.

„Äh…ich glaube, dass ich mir eine Erkältung eingefangen habe", log ich.

Nach einer gefühlten Ewigkeit schaute sie auf: „Machen sie ihren Oberkörper frei, ich will ihn abhorchen."

Ich tat, wie sie verlangt hatte. Mit dem Stethoskop, das sich furchtbar kalt auf dem Körper anfühlte, horchte Frau Doktor mich gründlich ab. Danach wurden Blutdruck und Puls gemessen. Gerade als ich mich wieder anziehen wollte, zeigte die Ärztin auf meine Hose und fragte: „Was ist das denn?"

Ich sah an mir herunter und stellte fest, dass aus dem Hosenbund ein Stück des Handtuches hervorlugte.

„Äh, das...das ist – nichts", stammelte ich. Gleich darauf hätte ich mich für diese Antwort ohrfeigen können, denn damit war ihr Interesse erst recht geweckt.

„Für ein ‚Nichts' sieht mir das verdammt nach einem Handtuch oder Waschlappen aus", ließ sich auch schon ihre Stimme vernehmen, „öffnen sie bitte ihre Hose und erklären mir dabei das Problem. Das Märchen von der Erkältung dürfte sich ja erledigt haben."

Ich spürte, wie mein Kopf die Farbe einer überreifen Tomate annahm.

„Das...also wirklich, darum müssen sie sich nicht kümmern, Frau Doktor."

„Ich bin die Ärztin und ich entscheide, um was ich mich kümmern muss und was harmlos ist. Also bitte, machen sie hin, da draußen warten noch mehr Patienten."

„Nein, also wirklich..." Abwehrend hob ich beide Arme, wurde aber etwas abgelenkt, weil genau in diesem Moment angesichts der peinlichen Situation ein kräftiger Strahl Urin das Handtuch tränkte.

„Hören sie", sagte Frau Doktor gefährlich leise, „ich bin Ärztin, verstehen sie das? Es ist meine Aufgabe, den Menschen zu helfen. Dabei bekomme ich Dinge zu sehen und zu hören, für die sich die Leute schämen, aber mir als Ärztin ist nichts fremd. Verstehen sie das?"

Ich nickte wortlos. Ein weiterer Strahl entlud sich.

„Haben sie zu mir und meinen Fähigkeiten Vertrauen?"

Wieder nickte ich, während das Handtuch weiter getränkt wurde. Ich fragte mich mit aufkommender Panik, wie aufnahmefähig es wohl noch sein würde.

„Das gleiche Vertrauen wie zu meinem Vater, dessen Patient sie eigentlich sind?"

Stummes Nicken.

„Warum dann diese Scham?"

„Weil – weil sie eine – eine Frau sind, und ich – na ja, ich habe Angst, dass sie sich ekeln könnten."

„Tue ich nicht, weil ich schon ganz andere Sachen als eine nasse Hose gesehen habe. Aber nachdem das nun geklärt ist, öffnen sie jetzt bitte Ihre Hose und beschreiben sie mir ihr Problem. Denn deshalb sind sie ja wohl hier, denn eine Erkältung haben Sie auf keinen Fall!"

Die klaren Aussagen der Frau Doktor sowie die spürbare Nässe in meiner Unterhose ließen es ratsam erscheinen, den Widerstand aufzugeben. Stumm öffnete ich deshalb die Oberhose, die mir wegen meiner vor Nervosität zitternden Finger entglitt und zu Boden rauschte. Nun konnte die Ärztin die Unterhose mit dem darin befindlichen Handtuch ungehindert sehen.

„Ich höre!"

„Na ja", wand ich mich. Als jedoch die wachsende Ungeduld bei Frau Doktor unübersehbar wurde, erzählte ich stockend von meinem Problem. Als ich geendet hatte, leuchtete mein Kopf puterrot vor Scham.

Frau Doktor blieb jedoch ganz ruhig.

„Ein Handtuch ist keine Lösung, was sie brauchen sind Windeln", stellte sie nüchtern fest. Dann erhob sie sich und verließ kurz das Sprechzimmer. Als sie zurückkam, setzte sie sich an den Computer und notierte etwas. In der Zwischenzeit kam die Sprechstundenhilfe herein und reichte Frau Doktor ein weißes Etwas. An mich gerichtet fügte sie hinzu: „Für sie, der blaue Streifen im Bund muss nach vorne. Ich hoffe, dass es die richtige Größe ist." Mit einem freundlichen Lächeln verließ die Sprechstundenhilfe auch schon wieder den Raum.

Frau Doktor reichte mir das Etwas herüber. Ich starrte es an und es dauerte etwas, aber langsam dämmerte mir, dass das eine Höschenwindel war. Sofort verstärkte sich wieder das Schamrot auf meinem Gesicht und ließ es vor Hitze glühen, während ein kräftiger Strahl Urin in das Handtuch schoss. Nun war jedoch die Aufnahmefähigkeit des Handtuches endgültig überschritten, und eine kleine Menge der gelblichen Flüssigkeit tropfte auf den Boden.

Frau Doktor bemerkte das Malheur und schimpfte: „Also so etwas, hält der Kerl eine Windel in der Hand, aber anstatt sie anzuziehen pinkelt er mir einfach auf den Boden! Ziehen sie endlich die Windel an, verdammt noch mal!"

Der Wutausbruch von Frau Doktor war natürlich nur zu verständlich, aber damit hatte ich nicht gerechnet. Vor lauter Schreck entlud sich jetzt meine Blase zu einem großen Teil, und es dauerte eine gefühlte Ewigkeit, bis ich sie wieder unter Kontrolle hatte.

Als ich aufsah, sah ich in die vor Wut blitzenden Augen von Frau Doktor.

„Nehmen sie das Handtuch aus dem Schlüpfer und ziehen sie endlich die Windel an, bevor sie mir die ganze Praxis voll pinkeln.", kam es gefährlich leise von ihr.

Ich reagierte nur noch. Meine Ohren und mein Gesicht glühten und leuchteten wie überhitzte Herdplatten, aber trotz der vor Aufregung zitternden Finger schaffte ich es schließlich, die Windel über meine Unterhose zu ziehen.

In der Zwischenzeit hatte Frau Doktor nach der Sprechstundenhilfe gerufen, die sogleich mit einem Eimer Wasser und einem Wischmob erschien. Sogar eine Plastiktüte für mein nasses und nun sehr deutlich müffelndes Handtuch hatte sie dabei.

Während die Sprechstundenhilfe die Spuren des Malheurs beseitigte, beruhigte sich Frau Doktor wieder und erklärte mir eindringlich die Notwendigkeit des Windeltragens: „Sie haben ja selber gesehen, was passiert ist. Hier ist das nicht so schlimm, aber was glauben sie, würden wohl Ihre Kollegen auf der Arbeit dazu sagen?" Als ich betreten schwieg, verfügte sie: „Ab sofort werden sie rund um die Uhr Windeln tragen. Das, mein Herr, ist eine ärztliche Anordnung, an die sie sich gefälligst halten werden, ob ihnen das nun passt oder nicht. Simone", dabei deutete sie auf die Sprechstundenhilfe, „wird ihnen ein halbes Dutzend Windeln mitgeben, damit sollten sie bis morgen Mittag reichen. Und morgen früh gehen sie als erstes in ein Sanitätshaus und decken sich mit einem ordentlichen

Vorrat an Windeln ein. Das entsprechende Rezept habe ich eben fertiggemacht. Haben sie das verstanden?"

Meine Stimme versagte beinahe, so dass es ein klägliches „Ja" wurde, das eher gehaucht als gesprochen herauskam. Gleich darauf bekam ich das Rezept für die Windeln in die Hand gedrückt. An der Tür reichte mir die Sprechstundenhilfe noch eine blickdichte Plastiktüte mit Windelhosen wie der, die ich gerade trug und tatsächlich schon kurz nach dem Anlegen ‚eingeweiht' hatte.

Das Gefühl zwischen den Beinen war sehr merkwürdig: Die Windel fühlte sich beinahe wie ein Slip an, nur wegen des fehlenden Handtuches etwas dünner. Dafür wärmte das Vlies mehr, aber auch das empfand ich als recht angenehm. Zudem fühlte ich mich zum ersten Mal wirklich sicher vor peinlichen Überraschungen.

Zu meinem Erstaunen gewöhnte ich mich sehr schnell an das neue Tragegefühl, auch wenn der Grund für das Tragen einer Windel eher traurig war. Mit zunehmender Tragedauer begeisterte mich die spürbare Wärme im Innenteil der Windel, die sich geradezu wohlig anfühlte. Trotzdem kam ich mit gemischten Gefühlen zu Hause an, denn in meiner Vorstellungswelt hatten bislang nur kleine Kinder und sehr alte Menschen Windeln getragen. Nun also auch ich, der mit Anfang Zwanzig keiner der beiden Altersgruppen angehörte.

In meinem Lieblingssessel ließ ich den Arztbesuch nochmals Revue passieren und überdachte dessen Folgen. Am liebsten wäre ich erneut vor Scham im Boden versunken: ‚Es wäre zum Lachen, wenn nur nicht das lästige Einnässen wäre! Und wo soll ich denn bitteschön Windel herbekommen? Was weiß denn ich, wo es hier ein Sanitätshaus gibt! Hätte sie mir nicht wenigstens eine Adresse dazuschreiben können?'

Hilflose Wut stieg in mir auf. Zur Beruhigung griff ich zur Tageszeitung und begann, sie durchzublättern. Meine Augen überflogen ziellos die Seiten, unfähig, sich auf einen Artikel zu konzentrieren.

Plötzlich hielt ich inne und ließ den Blick erneut über eine Seite schweifen. Langsam und mit erwachtem Interesse las ich die Seite erneut. Dann hatte ich gefunden, was mein Unterbewusstsein längst bemerkt hatte: die Werbeanzeige, mit der ein Sanitätshaus sein Jubiläum feierte. Das Foto des Personals interessierte mich nicht, wohl aber der Satz, mit dem das Geschäft seine Produktpalette beschrieb: ,Von Windeln für Erwachsene bis zum orthopädischen Bedarf' stand da als Überschrift, darunter wurde eine Vielzahl von Artikeln einzeln aufgezählt. Auch von ,Windeln in allen Größen und Saugstärken sowie Inkontinenzhosen' war da die Rede. Also genau das, was ich zukünftig laut dem Willen meiner Ärztin würde tragen müssen.

Sofort suchte ich in der Anzeige die Adresse und war wie elektrisiert: ,Das ist ja in meiner Gegend!', stellte ich ungläubig fest. ,Manchmal muss man einfach Glück haben!' Da das Sanitätshaus in einer Seitenstraße lag, war es mir bislang nicht aufgefallen.

Die Freude über die baldige Lösung meines Problems war so groß, dass sich meine Blase sofort entleerte, was ich aber erst bemerkte, als schon ziemlich viel ausgelaufen war.

„Scheiße! Das hätte jetzt nicht sein brauchen!"

Rasch lief ich ins Bad, entlud den kläglichen Rest meines Blaseninhalts in die Toilette und begann den Unterleib zu waschen. Danach betrachtete ich die Windelhose, deren Innenteil klatschnass war. Trotzdem konnte ich nicht den typischen Duft von Urin riechen, selbst dann nicht, als ich das Teil ganz dicht unter meine Nase hielt.

,Donnerwetter, die Dinger sind echt gut! Bis auf die roten Druckstellen an den Beinabschlüssen ist alles bestens, aber die müssen wohl wegen der Dichtigkeit sein.'

Damit war ich vom Nutzen des Windeltragens überzeugt. Das Erlebnis der klatschnassen Windel bei trockener Oberhose war aber auch überaus überzeugend! Nun stand fest, dass ich ab sofort ein Windelträger sein würde. Es blieb nur noch das Problem des diskreten Kaufs zu lösen.

In den nächsten Stunden widmete ich mich diesem Problem mit voller Hingabe: ,Ich muss einen Laden finden, den ich ungesehen betreten und nach dem Kauf der Windeln wieder ungesehen verlassen kann. Außerdem muss das Personal absolut diskret sein.' Dabei schweiften die Blicke immer wieder zu dem Zeitungsartikel hinüber. Ich hatte ihn schon unzählige Mal zur Hand genommen und tat es nun wieder. Diesmal glitt mein Blick langsam über das abgebildete Personal, das einen netten, freundlichen und hilfsbereiten Eindruck machte.

Eine Überprüfung der Lage des Geschäftes belegte, dass man davor parken und die Windelpakete nicht kilometerweit durch die Stadt zum nächstgelegenen Parkplatz schleppen musste. Ich fällte also eine Entscheidung: ‚Morgen kaufe ich mir in diesem Sanitätshaus meine ersten Windeln!'

Dann zog ich eine neue Höschenwindel an und ging ins Bett. Vor lauter Aufregung und wegen des ungewohnten Tragegefühls löste die Windel zwischen den Beinen angenehme Gefühle aus. Schon bald schlief ich ein, aber die Aufregung wegen des bevorstehenden Windelkaufs ließ mich in dieser Nacht sehr unruhig schlafen – und am nächsten Morgen war auch die ‚Nachtwindel' nass.

3. Der erste Windelkauf

Am anderen Morgen stellte ich beim Aufwachen als erstes fest, dass meine Windel klatschnass war. Obwohl ich das Gefühl hatte, kaum geschlafen zu haben, hatte sich meine Blase unbemerkt entleeren können. Zum Glück war das Bett komplett trocken geblieben, weil die Windel die gesamte Flüssigkeit aufgenommen hatte. Das beruhigte mich, denn nun hatte ich die Gewissheit, dass die Windel im Zweifelsfalle alles aufnehmen könnte. Da würden die kleineren Abgänge problemlos aufgesaugt werden, so dass eine Windel bestimmt für einen ganzen Arbeitstag reichen würde. Allerdings war meine Nachtwindel beim Aufstehen randvoll, so dass ich nicht mehr viel Urin hätte verlieren dürfen.

Rasch entledigte ich mich der nassen Windel und warf sie in Ermangelung eines geeigneten Behältnisses in den Mülleimer vom Badezimmer.

,Ich muss mir einen Behälter für die nassen Windeln besorgen', schoss es mir durch den Kopf. Bislang hatte ich mir darüber keine Gedanken gemacht, weil das Windeltragen einfach noch zu neu war und mich zudem ganz plötzlich überrumpelt hatte. Nun aber, als ich mit dem Entsorgungsproblem konfrontiert wurde, beschloss ich, in der Mittagspause ein entsprechendes Behältnis zu kaufen und gleich im Kofferraum meines Autos zu verstauen – es musste ja keiner meiner Kolleginnen und Kollegen den Eimer sehen. Der Kauf an sich bereitete mir dagegen keine Kopfschmerzen, weil er auf mich unverfänglich wirkte.

Unter der Dusche genoss ich den warmen Wasserstrahl auf der Haut und seifte mich gründlich ein. Vor allem den Unterleib wusch ich besonders intensiv und seifte ihn mehrfach ein. Man weiß ja nie, ob nicht jemand eine besonders feine Nase hat und eventuell den Geruch von Urin an mir wahrnehmen würde. Mit dem Gefühl, alles getan zu haben, um nicht zu müffeln, verließ ich die Dusche und zog mich an. Nach dem Anlegen der frischen Höschenwindel aus dem Vorrat von Frau Doktor betrachtete ich mich lange im Spiegel: ‚Sieht irgendwie komisch aus‘, dachte ich beim Anblick des gewindelten Intimbereichs, ‚vor allem die rüschenähnliche Verzierung im Bauchbereich sieht irgendwie weiblich aus – aber Frau Doktor wird mir doch keine Frauenwindeln gegeben haben, oder? Aber wozu sollen diese Rüschen dann wohl gut sein?‘

Ich fand auf diese Frage keine Antwort. Die einzige Erklärung war, dass die Sprechstundenhilfe eben doch versehentlich Exemplare für Frauen eingepackt hatte. Bei dem Gedanken, in einer Frauenwindel herumzulaufen, wurde ich wieder knallrot im Gesicht. Andererseits hatte mich Frau Doktor Schwarze nach dem Anlegen gesehen und nichts gesagt, also mussten es wohl doch Herrenwindeln sein, womit alles in Ordnung war. Vielleicht, so tröstete ich mich, waren es auch Unisexwindeln, die jeder Mensch unabhängig von seinem Geschlecht tragen konnte.

Ein Blick auf die Uhr mahnte schließlich zur Eile. Rasch sprang ich in die restliche Kleidung, steckte im Vorbeigehen noch rasch das Rezept für die Windeln in die Jackentasche und verließ die Wohnung. Dreißig Minuten später saß ich an meinem Schreibtisch.

Der Arbeitstag verlief wie all die anderen vorher: Ich schrieb mehrere Vermerke, von denen jeder einzelne von Frau Wagner kritisiert wurde. Mit dem Verfassen von Schreiben und dem Ausfüllen von Formularen war es nicht ganz so schlimm, denn weil ich hier Vorlagen von vergleichbaren Unterlagen hatte, erntete nur jeder vierte Entwurf Kritik, und die war dann erstaunlich mild. Aber heute störte mich das alles nicht, denn etwas anderes nahm meine ganze Aufmerksamkeit in Beschlag: Das Windelpaket zwischen den Beinen! Anfangs hatte ich die Befürchtung, dass die Windel meine Hose so weit ausbeulen würde, dass alle Kolleginnen und Kollegen sofort über das spezielle Darunter Bescheid wissen mussten, aber das war nicht der Fall. Alle behandelten mich wie immer und niemand legte ein anderes Verhalten an den Tag oder starrte auf meinen Schritt. Hatten meine Nerven anfangs wegen der möglichen Entdeckung der Windel ziemlich nervös geflattert, beruhigten sie sich im Laufe des Tages mehr und mehr.

Angesichts der vielen Befürchtungen und der dadurch verursachten Aufregung hatte sich die Windel während der ersten Stunden rasch gefüllt, so dass ich sie lieber heimlich auf der Toilette gewechselt hatte. Ab dem Nachmittag war ich wesentlich ruhiger, so dass die zweite Windel des Tages fast noch trocken war. Das war aber auch gut so, denn es war das letzte Exemplar aus dem Kontingent der Arztpraxis. Schon bald würde es aber Feierabend sein und ich könnte mir im Sanitätshaus mit der Einlösung des Rezepts einen Vorrat anlegen. Allerdings wurde mir bei dem Gedanken, einer wildfremden Verkäuferin mein Blasenproblem offenbaren zu müssen, etwas übel vor Aufregung - und sofort begann sich die eben noch trockene Windel zu füllen…

Auch wenn sich die Stunden am Arbeitsplatz scheinbar endlos ausdehnten, war dann doch endlich der Feierabend da! An das Tragen der Windel hatte ich mich inzwischen gewöhnt, und auch daran, das kleine Geschäft in einer Kabine sitzend zu verrichten. Ich hatte es zunächst aus alter Gewohnheit im Stehen versucht, aber Hose, Unterhose und Windel nicht richtig koordiniert bekommen. Zum Glück war ich in dem Moment alleine im Toilettenraum, so dass niemand etwas von meinem Kampf mitbekommen hatte – und ich schnell in eine Kabine huschen konnte. Besonders angetan war ich von der Wärme, die von der Windel ausging. Gepaart mit einem Gefühl der Geborgenheit fühlte ich mich geradezu befreit von einer gewaltigen Last! Ein wunderbares Gefühl! Erst jetzt, mit einer Windel am Leib, wurde mir bewusst, wie belastend ‚das Problem' für mich all die Jahre tatsächlich gewesen war!

Aber nun würde das leidige Kapitel voller Angst vor einer nassen Hose und dem Gelächter der Mitmenschen ein Ende haben. Entschlossen verließ ich nach Feierabend den Parkplatz und lenkte meinen Wagen in Richtung Stadt. Unweit des

Sanitätshauses parkte ich – weit genug weg, damit mich und den Wagen niemand mit dem Sanitätshaus in Verbindung bringen würde, aber doch nah genug, um das Windelpaket schnell herüber tragen und im Kofferraum verstecken zu können.

Auf dem Weg zum Eingang wurde mir plötzlich ziemlich mulmig. Wie nicht anders zu erwarten, entfuhr mir ein kräftiger Urinstrahl – zum Glück hatte ich die letzte Windel aus dem Kontingent meiner Ärztin an, aber die war ja auch schon befüllt worden. Hoffentlich hielt sie durch!

Mit klopfendem Herzen wollte ich gerade den Eingang ansteuern, als mir etwas einfiel: Was, wenn sich jemand im Laden aufhalten würde, der mich kennen würde? Diese Sorge hatte mich so fest im Griff, dass ich zunächst durch ein paar Straßen lief, um meine Gedanken zu ordnen. Ich beschloss, vor dem Betreten einen Blick ins Innere zu werfen und nur dann hineinzugehen, wenn der Laden leer sein würde. Also machte ich kehrt und ging wie ein zufälliger Passant an dem Sanitätshaus vorbei. Es schien leer zu sein. Also nahm ich schließlich meinen ganzen Mut zusammen und trat ein.

Im Laden stand ich zunächst etwas unschlüssig und beinahe verloren herum. Lange währte die Wartezeit aber nicht, denn schon eilte eine junge Verkäuferin herbei und fragte nach meinen Wünschen.

„Ja, äh, also, das ist so…", stotterte ich und lief rot an. Die Verkäuferin blieb ganz ruhig, offensichtlich war sie solche Situationen gewohnt.

Ich versuchte, mich zusammenzureißen und versuchte es erneut: „Ich – ich brauche – Windeln." So, nun war es heraus. Die Verkäuferin verzog keine Miene, also zog ich mit zittrigen Fingern das Rezept aus der Tasche und reichte es ihr. Dabei ging mein Blick verschämt zu Boden. Währenddessen entfuhr mir wieder eine größere Ladung Urin – wie viel die Windel wohl noch aufnehmen konnte?

Die Verkäuferin warf erst einen Blick auf das Rezept, dann sah sie mich prüfend an: „Ist alles in Ordnung? Tragen sie bereits eine Windel oder ist das für sie Neuland?"

„Na ja, also – ich trage gerade eine – eine Windel, aber die habe ich von meiner Ärztin bekommen."

„Sie kennen also das Angebot nicht?"

Ich schüttelte stumm den Kopf.

„Hier steht, dass sie unter Stressinkontinenz leiden - vielleicht sollten sie besser kurz die Toilette benutzen." Als ich sie dankbar ansah, zeigte sie mir rasch den Weg. Dort angekommen entleerte ich meine Blase. Es war höchste Zeit, denn der Druck war bereits enorm – und die Windel hätte nicht mehr alles aufnehmen können, wie mein prüfender Blick bestätigte. Wie sollte ich das Verkaufsgespräch nur überstehen? Jederzeit könnte ein weiterer Kunde den Laden betreten und von meinem Problem erfahren. Das wäre verdammt peinlich!

Noch während ich nach einer Lösung suchte, klopfte es zaghaft an die Tür. Dann erklang die Stimme der Verkäuferin: „Wie geht es ihnen? Brauchen sie etwas? Vielleicht eine frische Windel?"

Das klang sehr gut und würde mein Problem lösen! Also antwortete ich: „Ja, also – äh, meine Windel ist tatsächlich – nun ja, irgendwie, äh..."

„Sie können mir ruhig sagen, wenn ihre Windel randvoll ist, das kenne ich. Sie glauben gar nicht, wie viele Menschen Windeln kaufen und während des Kaufes einnässen. Öffnen sie doch mal die Tür, dann gebe ich ihnen eine frische Windel rein – die nasse können sie in den Windeleimer werfen. Der steht gleich neben der Toilette und ist entsprechend beschriftet."

„Ja, aber – wenn ich die Tür öffne – ich sitze auf der Toilette. Warten sie, ich richte nur schnell meine Kleidung."

„Nicht nötig, ich habe schon vielen Menschen eine Windel auf der Toilette gereicht, das macht mir nichts aus."

Mit wild klopfendem Herzen öffnete ich die Tür einen kleinen Spalt. Er war gerade groß genug, dass die frische Windel hindurchpasste. Dankbar nahm ich sie an.

„Äh – hallo?"

„Ja?"

„Das ist eine Windel mit Klebestreifen, keine Windelhose. Ich – ich weiß nicht, wie man die anlegt."

„Kein Problem, ich komme jetzt einfach rein und zeige es ihnen. Einverstanden?"

Am liebsten hätte ich ‚Nein!' gesagt, aber die ganze Situation kam mir so unwirklich vor, dass ich ohne weiter nachzudenken „Okay!" sagte. Im nächsten Moment schwang die Tür auf und die Verkäuferin stand vor mir.

Ich saß auf der Toilette und presste die Beine etwas zusammen, damit sie mein Glied nicht sehen konnte.

Die junge Verkäuferin bewegte sich ganz ungezwungen. Unter dem Arm hielt sie mehrere verschieden Windeln.

„Bleiben sie erstmal sitzen. Ich zeige ihnen die verschiedenen Formen, und dann wählen wir das für sie passende Produkt aus." Sie lächelte mich freundlich und zugleich verstehend an: „Wenn ihnen während der Präsentation etwas Urin abgeht und in der Toilette das Plätschern zu hören ist, ist das nicht schlimm. Das gehört für uns in dieser Branche dazu, und wer es nicht ertragen kann, ist für den Verkauf von Sanitätsartikeln nicht geeignet."

Dann begann sie, mir mit einer unglaublichen Selbstverständlichkeit die Unterschiede von Windelpants und Windelslips sowie die unterschiedlichen Aufnahmemengen zu erklären. Es schien sie überhaupt nicht zu stören, dass ich mit entblößtem Unterleib auf der Toilette saß und zwischendurch ein verräterisches Plätschern zu hören war.

Irgendwann fragte ich sie schüchtern: „Was – was ist eigentlich mit dem Laden? Wenn jetzt jemand hereinkommt?"

„Kein Problem, heute ist nichts los, also habe ich die Ladentür abgeschlossen. Wir sind also ungestört und sie können sich in aller Ruhe mit dem Windelangebot beschäftigen."

Am Ende riet sie mir zu Windelslips, also Windeln mit Klebestreifen. „Die sind zwar etwas umständlicher beim Anlegen, aber dafür können sie die Windel auf der Arbeit schnell auf der Toilette wechseln, während die Pants ja wie Unterhosen sind

– da müssten sie also Schuhe und Hose ausziehen, um eine frische Windel anlegen zu können. Ich weiß nicht, wie die Kabinen bei ihnen auf der Arbeit sind, aber gewöhnlich sind sie sehr beengt, da wird das Ausziehen der Hose zu einem Problem – und die Fußböden sind auch nicht immer sehr sauber - wenn man da in Strümpfen stehen muss..."

Bei dem Gedanken schauderte es mich. Also wählte ich die Pants aus. Dann durchfuhr mich ein Gedanke: „Was ist mit dem Rezept? Ich weiß jetzt nicht, was meine Ärztin verschrieben hat."

„Sie hat ihnen Pants gegeben, aber das Rezept ist so ausgestellt, dass sie auch Slips kaufen können. Sie sollten ihr nur beim nächsten Besuch sagen, für was sie sich entschieden haben."

Dann erklärte sie mir, wie man die Windelslips anlegen musste. Dazu musste ich mich erheben und sie konnte für einen Moment meine nackten Genitalien sehen. Während ich vor Scham einmal mehr Rot anlief, wirkte sie vollkommen unbeeindruckt und tat, als würde sie nichts sehen.

Als ich das Anlegen selber üben sollte, nässte ich vor Aufregung tüchtig ein. Wieder ignorierte sie mein Malheur. Im dritten Anlauf bekam ich es endlich hin. Rasch zog ich meine Jeans hoch und fühlte mich korrekt bekleidet etwas sicherer.

Zum Schluss empfahl mir die Verkäuferin noch das Tragen einer Inkontinenzhose über der Windel. Obwohl die Farbauswahl an Plastikhosen viel größer war, entschied ich mich zunächst für eine Hose, die überwiegend aus Baumwolle bestand.

„Eigentlich legt man da eine Vorlage rein, aber dafür ist ihre Inkontinenz zu groß – da die Hose aber sehr eng sitzt, hält sie den Windelslip gut an Ort und Stelle."

Angesichts der schönen Farben der PVC-Hosen kaufte ich schließlich auch welche davon. Sie erinnerten mich an die ‚Gummihosen', die kleine Kinder trugen – weshalb ich bei mir dieses Hosen auch so bezeichnete.

Nach einer gefühlten Ewigkeit verließ ich das Sanitätshaus mit zwei großen Windelpaketen und mehreren Inkontinenzhosen. Die freundliche und sehr hilfsbereite junge Verkäuferin hatte meine Beklemmung fast vollständig beseitigt.

In den folgenden Monaten wurde ich zum Stammkunden in dem Sanitätshaus. Auch die Arztpraxis Schwarze suchte ich weiter auf und wurde manchmal vom alten Dr. Schwarze behandelt, aber immer öfter von dessen Tochter. Offensichtlich bereiteten die beiden einen Übergang der Praxis vor. Der alte Doktor verzog keine Miene, als er mich das erste Mal mit einer Windel sah - offensichtlich hatte seine Tochter eine entsprechende Notiz in der Patientenakte gemacht. Trotzdem war es mir peinlich, aber seitdem mich Frau Doktor zum Windeltragen verpflichtet hatte, gab es kein Zurück mehr. Zudem trug ich sie inzwischen gerne, denn mein Selbstbewusstsein war durch den Schutz zwischen den Beinen sehr stark angewachsen. Nur zu Flirten traute ich mich zu diesem Zeitpunkt noch nicht.

4. Das Leben mit einer Windel

An das Leben mit einer Windel gewöhnte ich mich sehr schnell. Anfangs war es zwar ungewohnt, das gewisse Etwas zwischen den Beinen zu fühlen, aber die davon ausgehende Wärme sowie das Sicherheitsgefühl wog vieles auf. Allerdings hatte ich in den ersten zwei bis drei Wochen die große Sorge, dass die befüllte Windel zwischen meinen Beinen herunterhängen und die Jeans nach unten ziehen könnte. Natürlich waren diese Sorgen unbegründet, aber als Neuling in Sachen Windeltragen macht man sich ja schon seine Gedanken über alle möglichen Aspekte.

Durch das Wissen um den Schutz meiner Hose stieg mein Selbstvertrauen und ich lebte richtig auf. Außerdem konnte ich mich jetzt ausschließlich auf meine Arbeit konzentrieren und brauchte nicht mehr ängstlich meine Hose befühlen, ob eventuell etwas Nässe durchgedrungen sein könnte. Die gesteigerte Konzentration verbesserte meine Arbeitsergebnisse enorm, und Frau Wagner fand manchmal tagelang keinen Grund, um mich zu maßregeln. Dementsprechend verbesserte sich unser Verhältnis immer mehr und war schließlich nicht nur kollegial, sondern beinahe schon freundschaftlich. Dennoch verriet ich weder ihr noch sonst jemandem im Kollegen- oder Freundeskreis mein intimes Geheimnis. Lediglich die Verkäuferin im Sanitätshaus, von der ich im Laufe der Zeit erfuhr, dass sie Sandra hieß, kannte mein Problem und zusätzlich noch wegen des Rezepts meinen Namen und meine Adresse. Das war mir anfangs sehr unangenehm, aber sie war immer nett, so dass wir bei meinen Einkäufen immer länger miteinander plauderten – natürlich nur, wenn kein anderer Kunde im Laden war.

Bei den Gesprächen mit Sandra kam in mir immer öfter das Bedürfnis nach zwischenmenschlicher Nähe auf. Abgesehen von der Stressinkontinenz war ich ja gesund und hatte also auch sexuelle Bedürfnisse. Im Kollegenkreis gab es zwar mehrere Frauen, für die ich mich sehr interessiert hätte, aber dann hätte ich auch mein Geheimnis offenbaren müssen und riskiert, zum Gespött der Firma zu werden. Also unterließ ich eigene Annäherungsversuche und blockte die gelegentlichen Vorstöße von Kolleginnen ab. Irgendwann bekam ich dann mit, dass mich die Frauen für schwul hielten, aber da sich niemand darüber lustig machte, war mir das ganz recht. Lieber sollten sie mich für schwul halten als zu wissen, dass ich in meinem Alter schon inkontinent war!

Um das sexuelle Bedürfnis dennoch zu befriedigen, suchte ich schließlich in einer größeren Nachbarstadt ein Bordell auf. Es war ein ‚Laufhaus', und ich hatte meinen Windelslip durch eine Windelpants ersetzt, da ich auf dem Zimmer die Hose ja ohnehin ausziehen würde.

Mit der ersten Frau wurde ich schnell handelseinig, aber da ich etwaige Probleme vermeiden wollte, wies ich sie auf mein Problem hin. Sofort blökte sie lautstark los: „Was, du bist ein Hosenpisser? Hau bloß ab, mit so einem wie dir mache ich es nicht! Du versaust mir bloß das Bett!"

Erschrocken, peinlich berührt und mit hochrotem Kopf flüchtete ich unter dem Gelächter der anderen Freier und dem Grinsen der übrigen Sexarbeiterinnen aus dem Gebäude.

Nachdem ich zur Beruhigung eine Zeitlang durch die Straßen gelaufen war und auf der Bahnhofstoilette meine vor Schreck nass gemachte Windel gewechselt hatte, versuchte ich es in einem anderen Laufhaus. Hier war die Prostituierte zwar etwas diskreter, aber ihre Ablehnung war dafür genauso deutlich. Auch ihre Kollegin im Stockwerk darüber verweigerte mir ihre Dienste, obwohl ich ihr das Doppelte von dem ursprünglich ausgehandelten Preis anbot.

Im dritten Laufhaus verriet ich nichts von meinem Problem. Ich wurde mit einer Frau sehr schnell einig, und so gingen wir in ihr Zimmer. Ich bezahlte im Voraus und alles war gut - zumindest bis ich meine Jeans auszog.

„Moment!", stoppte sie mich, „Was ist das?" Dabei zeigte sie anklagend auf meine Windelhose.

„Das – das ist eine Windel, ich brauche sie gelegentlich."

„Dann wird das hier nichts mit uns! Ich kann nicht riskieren, dass du mir ins Bett pinkelst."

„Nein, nein, alles gut!", wehrte ich ab, „Das ist nur wegen der Stressinkontinenz bei der Arbeit, aber das hier ist Entspannung, die Windel ist trocken. Überzeug dich selber."

„Na, das fehlte auch noch, dass ich deine vollgepisste Windel anfasse! Zieh dich wieder an und verschwinde!"

„Aber..." Ich bot ihr ebenfalls den doppelten Preis, aber sie blieb hart. Als ich weiter bettelte, öffnete sie demonstrativ die

Tür, so dass mich jeder zufällig Vorbeikommende in Unterhemd und Windel sehen konnte. Also lenkte ich rasch ein:
„Gut, okay, ich gehe ja schon – aber mach doch bitte die Tür
wieder zu, damit ich mich ungesehen anziehen kann."

„Beeil dich halt!", schnauzte sie mich an, „Du hast zwei Minuten, dann rufe ich den Sicherheitsdienst!"

Angesichts dieser Drohung sprang ich rasch in meine Kleidung und schloss Hemd und Hose mit zitternden Fingern.
Dann eilte ich einmal mehr an diesem Tag mit hochrotem Kopf
aus einem Bordell.

Nach diesen niederschmetternden Erfahrungen mit professionellen Liebesdienerinnen mied ich zukünftig Bordelle. Da
jedoch das sexuelle Bedürfnis immer weiter zunahm und es
schließlich unangenehm wurde, ging ich wieder zu meiner
bisherigen Praxis über und onanierte abends. Daraus erwuchs
zwar kein erfülltes Liebesleben, aber mit den geleerten Hoden
konnte ich mich anderntags wieder besser auf die Arbeit konzentrieren. Den Kolleginnen fielen meine gelegentlichen Un-
konzentriertheiten auf, und wenn sich das schlagartig von
einem Tag auf den anderen gebessert hatte, tuschelten sie
hinter vorgehaltener Hand, dass ich es wohl am Abend vorher
tüchtig besorgt bekommen hätte. Dabei rätselten sie, wer wohl
mein ‚Hengst' gewesen sei. Da ihre mehr oder weniger diskreten Aushorchungsversuche ergebnislos blieben, gaben sie es
irgendwann auf.

Schließlich näherte sich der Sommer mit großen Schritten:
Die Temperaturen stiegen spürbar an, an den Bäumen spros-

sen die Blätter, überall blühten Blumen auf und im Büro wurden Urlaubspläne geschmiedet. Ich war schon seit Jahren nicht mehr in den Urlaub gefahren, ausgenommen die eine oder andere Tagestour. Die Angst, am Morgen mit nasser Hose in einem nassen Bett aufzuwachen und das dem Hotelpersonal erklären zu müssen, war einfach zu groß. Aber nun war ja alles anders: Dank der Windeln hatte ich immer ein trockenes Bett und nachts wie auch am Tage trockene Unterhosen und, viel wichtiger, eine Jeans ohne verräterische Flecken im Schritt! Also stand einer Urlaubsreise nichts mehr entgegen.

Die Auswahl eines Reiseziels fiel mir ziemlich schwer, denn eigentlich wäre ich gerne an die See gefahren, aber mit Badehose am Strand zu liegen, schien mir mit oder ohne Windel dann doch sehr gewagt zu sein. Außerdem war klar, dass ich einen ziemlich großen Vorrat an Windeln mitnehmen musste, denn am Urlaubsort würde ich mich nicht auskennen – außerdem wollte ich dort ungern ein Sanitätshaus aufsuchen. Falls es dort eines geben sollte, würde ich dort sicher nicht ungesehen ein- und ausgehen können. Alleine der Gedanke daran verursachte mir Stress und der füllte unnachgiebig meine Windel.

Schließlich entschied ich mich für einen Wanderurlaub in Deutschland und legte die Bodenseeregion als Ziel fest. Als Single war ich an keine Ferienzeiten gebunden, und so fand ich bereits nach kurzer Suche ein hübsches Hotel. Es machte einen sauberen, gepflegten Eindruck und verfügte über ein eigenes Restaurant. Damit war die Frage der Verpflegung geklärt und ich buchte über das Internet ein Zimmer für vierzehn Tage. Der Zeitraum war reiflich überlegt, denn für vierzehn Tage würde ich ausreichend Windeln im Kofferraum meines Autos einlagern können. Zwar würde ich anfangs wegen der ungewohnten Umgebung und den mir unbekannten Abläufen im Hotel wie beispielsweise am Frühstücksbuffet öfter als sonst einnässen, aber ich kalkulierte alles genau durch. ‚Lieber ein paar Windeln mehr als zuwenig dabei haben‘, war dabei die Devise. Außerdem plante ich drei Inkontinenzhosen ein, denn wegen ihrer Abwaschbarkeit sollte ich damit auskommen. Die gesamten Schutzartikel füllten mühelos eine große Reisetasche, so dass zusammen mit dem Koffer voller Kleidung und den üblichen Hygieneartikeln eine große Menge an Gepäck zusammenkam. Beinahe hätte ich das Fassungsvermögen des Kofferraums überschätzt, aber letztlich musste ja nur die Reisetasche mit den Windeln dort verstaut werden.

Die Entsorgung der benutzten Windeln bereitete mir dagegen lange Zeit Kopfzerbrechen. Schließlich fasste ich aber den Entschluss, sie in Plastiktüten zu sammeln und nach und nach aus dem Hotelzimmer zu schmuggeln. Danach würde ich sie im Kofferraum zwischenlagern und in einem Mülleimer an einem Wanderweg oder während der Heimfahrt an einer Raststätte entsorgen. Im Wageninneren würde es sicher nicht zu riechen beginnen, weil das Vlies die Feuchtigkeit gut absorbieren würde – zumindest vermutete ich das.

Schließlich war der Abreisetag da. Gut gelaunt und frisch gewickelt stieg ich ins Auto und machte mich auf den über sechshundert Kilometer langen Weg. Da ich auf der Autobahn mit viel Verkehr und dadurch mit viel Stress für mich rechnete, machte ich mir ein besonders dickes Windelpaket. Diese Vorsichtsmaßnahme erwies sich als goldrichtig, denn immer wieder schoss ein warmer Strahl des gelben Saftes in meine Windel.

Auf halbem Weg hatte ich eine längere Rast eingeplant. Dort wollte ich eigentlich nur eine Kleinigkeit essen, aber meine Windel war schon jetzt am Rande ihrer Aufnahmekapazität. Bis zur Ankunft im Hotel würde es nicht mehr reichen, also musste sie gewechselt werden. Ein frisches Exemplar aus der Reisetasche im Kofferraum zu nehmen und in einer kleinen Tüte in die Toilette zu transportieren, wäre sicher kein Problem gewesen. Allerdings gab es auf den Toiletten der Raststätten immer Personal, das die Örtlichkeit nach jedem Gast sofort reinigte. Damit würde man die klatschnasse Windel rasch im Abfalleimer finden und mir zuordnen können - das wäre mir sehr peinlich gewesen. Aber es half alles nichts, denn es wurde höchste Zeit, die Windel zu wechseln.

Auf der Raststätte angekommen, schweifte mein verzweifelter Blick umher: Die Raststätte war, wie so viele andere auch, an ein größeres Waldstück gebaut worden. Allerdings interessierten sich fast alle Leute für die Gaststätte und die Toiletten, weshalb sie in möglichst großer Nähe zu diesem Gebäudekomplex parkten. Nur einige wenige ließen sich an den Tischen in Parkplatznähe nieder, um ihr mitgebrachtes Essen zu verzehren. Für die Natur ringsherum interessierte sich niemand. Das brachte mich auf eine Idee: Ich parkte den Wagen abseits aller anderen Fahrzeuge. Vor mir führte ein kleiner Weg in den Wald hinein. Schnell holte ich eine frische Windel aus dem Kofferraum, packte sie in eine der zahlreich mitgeführten Plastiktüten und tat so, als ob ich mir im Wald die Beine vertreten wollte.

Wie vermutet war das Waldstück menschenleer. Die Wege waren stark überwuchert, was darauf hindeutete, dass schon lange niemand mehr hier spazieren gegangen war. Nach einem raschen Blick in die Runde verschwand ich hinter einem Busch, ließ die Hose fallen, riss die Klebestreifen der Windel auf und entfernte das randvolle Teil. Mit ein paar Papiertaschentüchern säuberte ich notdürftig meinen Unterleib, bevor ich mir etwas mühsam eine neue Windel anlegte. Die nasse Windel steckte ich zusammen mit den Papiertaschentüchern in die Plastiktüte, die auf dem Rastplatz in einer der zahlreichen Mülltonne landete. Anschließend kehrte ich in den Wald zurück. Es war ein schöner Tag und der Spaziergang machte Spaß. Das Wäldchen war zwar nicht sehr groß, aber eine halbe Stunde hielt ich mich dennoch dort auf und genoss die Natur. Ich konnte richtig spüren, wie ich mich entspannte.

Irgendwann musste ich aber doch weiterfahren. Ich wollte mein Zimmer im Hotel möglichst früh beziehen, um noch am gleichen Tag die nähere Umgebung des Hotels erkunden zu können.

Die zweite Etappe des Weges war ebenso anstrengend wie der erste Teil. Dementsprechend füllte sich auch die im Wald angelegte frische Windel sehr zügig. Da mir nicht klar war, wie lange das Einchecken im Hotel dauern würde, wiederholte ich sicherheitshalber den Windelwechsel auf einem Rastplatz kurz vor meinem Ziel.

Im Urlaubsort angekommen hatte ich einige Mühe, das Hotel zu finden, aber schließlich kam ich dort an. Es handelte sich um eines der größten Gebäude im Ort, und dementsprechend waren die Preise, aber in meinem ersten Urlaub wollte ich mir etwas gönnen und hatte nicht auf die Preise geachtet.

Das Zimmer war sehr gemütlich eingerichtet und der Balkon hatte einen schönen Ausblick Richtung Fährhafen. Das Bad war eigentlich nur eine Nasszelle mit Dusche und Waschbecken, aber dafür war es sehr geräumig. Mir genügte es vollauf.

Nach dem Beziehen des Zimmers duschte ich ausgiebig. Immerhin hatte ich zwei Windeln mehr als gut gefüllt, und die dritte war auch schon wieder nass. Wenn das so weiterging, würde der mitgenommene Windelvorrat möglicherweise doch nicht reichen.

Die von mir vor dem Duschen getragene Windel steckte ich in eine Plastiktüte und diese in meine Reisetasche. Das war zwar keine optimale Lösung, aber ich mochte die nasse Windel nicht in den Mülleimer des Bades werfen. Also musste die Reisetasche als Zwischenlager dienen, bevor ich sie irgendwo in der Stadt in einem Mülleimer diskret entsorgen oder im Kofferraum zwischenlagern konnte.

Nachdem ich frisch geduscht und neu gewindelt war, zog ich mich an und ging in die Stadt. Natürlich ist so eine Reise als Alleinstehender nicht sehr angenehm, weil man überall auf Paare oder Gruppen von Leuten stößt, während man selber ohne Gesprächspartner durch die Gegend wandert. Aber auch diese einsamen Gänge können erholsam sein, und da es ja mein erster Urlaub war, störte mich das Alleinsein anfangs überhaupt nicht. Ich genoss einfach die fremde Umgebung und die neuen Eindrücke!

So war ich den ganzen Tag unterwegs Nach der Rückkehr ins Hotel duschte ich erneut und machte mich mit frischer Windel bettfertig. Die tagsüber getragene Windel war nur zu gut der Hälfte gefüllt, was ich als Beleg für den Eintritt der Entspannung wertete. Ich ließ sie zum Auslüften im Bad liegen.

Im Bett konnte ich zunächst vor lauter Aufregung kein Auge zumachen – das Zimmer wirkte natürlich anders als mein heimisches Schlafzimmer, aber obwohl ich mich geborgen fühlte, war ich doch etwas nervös. Ich spürte, wie ein warmer Strahl in meine Windel lief, wo er zunächst ein wohliges Gefühl der Wärme und Geborgenheit vermittelte, bevor die Feuchtigkeit vom Vlies aufgesogen wurde. Meine anfängliche Sorge, dass die Windel für die Nacht nicht ausreichen könnte, erwies sich am anderen Morgen als unbegründet. Natürlich kontrollierte ich sofort das Bett und stellte zu meiner grenzenlosen Erleichterung fest, dass es trocken war!

Nun wiederholte sich mehrere Tage mein Tagesablauf: Nach dem Frühstück machte ich lange Spaziergänge in der Stadt und ihrer Umgebung, abends kehrte ich zurück und machte mich auf die schon beschriebene Weise bettfertig.

Auch am vierten Tag änderte ich nichts am Ablauf. Allerdings kam ich abends mit einem älteren Ehepaar ins Gespräch, die mich zum gemeinsamen Besuch eines gemütlichen Weinlokals überredeten. Es wurde ein schöner, aber auch etwas feuchtfröhlicher Abend. Zwar schaffte ich es in meinem angeheiterten Zustand problemlos in mein Zimmer, aber dort angekommen duschte ich nur noch schnell und fiel todmüde ins Bett. Die nasse Windel lag wie immer zum Auslüften im Bad, ich würde sie morgens wieder in der Reisetasche verstecken.

Am anderen Morgen erwachte ich erst sehr spät. Zu meinem Schrecken stellte ich fest, dass es nur noch für kurze Zeit Frühstück geben würde, weshalb ich in Windeseile aus dem Bett und unter die Dusche sprang. Dabei verspürte ich heftige Kopfschmerzen, was sicher eine Folge des Weingenusses war. Da ich selten Alkohol trank und daher nichts gewohnt war, trafen mich die Folgen nun umso heftiger. Immerhin erreichte ich den Frühstücksraum gerade noch rechtzeitig, um in aller Eile etwas essen zu können. Außer mir war kein anderer Gast mehr im Raum.

Gerade als ich mit dem Frühstück fertig war, fiel mir die nasse Windel vom Vortag ein – sie lag noch immer im Bad! Dazu auch noch meine halb gefüllte Nachtwindel! Wenn sie der

Zimmerservice finden würde, wäre das eine Blamage - und ich hatte noch zehn Tage Urlaub vor mir!

Bei der Vorstellung, dass das Personal zehn Tage über mich lachen würde, wurde mir ganz flau im Magen, während sich meine Kopfschmerzen verstärkten. Gleichzeitig entfuhr mir wieder Urin. Rasch schluckte ich den letzten Bissen meines Brötchens hinunter und eilte zu meinem Zimmer.

Schon aus einiger Entfernung sah ich den Wagen mit den Putzutensilien vor der Tür stehen.

‚Mist‘, dachte ich, ‚die Putzfrau war schneller!‘ Trotzdem betrat ich das Zimmer in der unsinnigen Hoffnung, die nassen Windeln unauffällig verschwinden lassen zu können.

Die Putzfrau schaute mich beim Betreten des Zimmers fragend an. Rasch gab ich mich als Bewohner zu erkennen. Dann erklärte ich der etwa fünfzigjährigen Frau, dass ich kurz ins Bad müsse, weil ich mal müsse. Das stimmte sogar und lieferte mir zudem einen hervorragenden Vorwand, um die Nasszelle betreten zu können.

Sofort ließ ich nach meinem Eintritt den Blick durch den Raum huschen, konnte aber nirgends die peinlichen Sachen entdecken. Jetzt breitete sich so etwas wie Panik in mir aus, was sofort die Windel zwischen meinen Beinen füllte. Um zumindest ansatzweise den Schein zu wahren, drückte ich die Toilettenspülung und verließ den Raum. Die Putzfrau war noch immer da und schien auf mich gewartet zu haben.

„Mussten Sie wirklich auf die Toilette oder haben Sie die nassen Windeln gesucht?“, fragte sie und hielt mir eine Mülltüte unter die Nase. Mit flüchtigem Blick erkannte ich sie und wurde vor Scham knallrot im Gesicht.

„Äh... na ja, äh...sie...sie haben Recht", bestätigte ich stotternd, „Ich...äh...habe ein...äh...gewisses Problem. Heute Morgen...also...da stand ich...äh irgendwie weit neben mir, sodass ich die...äh...Dinger nicht weggeräumt habe. Tut mir leid, ehrlich!"

„Warum haben sie nicht nach einem Windeleimer gefragt?"

„Weil...weil mir das...peinlich ist", stotterte ich.

Wie dem auch sei: Ich habe der Rezeption Bescheid gegeben und ihnen einen speziellen Matratzenschutz aufgezogen. Außerdem habe ich hier einen Windeleimer – da werden sie ihre benutzten Windeln hineinwerfen, verstanden?"

Ich wäre vor Scham am liebsten im Boden versunken. Weil es mir die Sprache verschlagen hatte, nickte ich nur ganz ergeben.

„Sie sind doch schon ein paar Tage hier. Was haben sie denn bislang mit den nassen Windeln gemacht?"

Diese direkte Frage steigerte meine Scham und damit den Stress – wieder ging ein Strahl in die Windel. Hoffentlich war das Vlies noch aufnahmefähig, denn vor der Frau eine nasse Hose zu bekommen war das Letzte, was ich wollte.

„In meiner Tasche", stammelte ich schließlich.

„Wo sind sie? Ich höre wohl nicht richtig! Her damit aber dalli!", polterte sie los.

Erschrocken holte ich die Plastiktüte mit den Windeln vom vorletzten Tag heraus. Ich hatte noch keine Gelegenheit gehabt, um sie zu entsorgen.

„Das gibt es ja wohl nicht!", schimpfte die Putzfrau, „Stopft der Kerl tatsächlich vollgepisste Windeln in seine Tasche! Was für ein Schwein!" Dann sah sie mich fest an: „Ja, du bist ein Schwein, ein großes Dreckschwein! Dafür sollte ich dir den Arsch vollhauen, du Sau!"

Ich wurde immer kleiner.

„Trägst du jetzt auch eine Windel?"

Wieder nickte ich nur.

„ Ist sie schon nass?"

Mein Gesicht glühte vor Scham wie im Fieberwahn. Weil ich nicht in der Lage zu antworten war, trat die Putzfrau ganz nah an mich heran und fasste mir zwischen die Beine.

Erschrocken starrte ich sie an, aber sie nickte wissend. Dann meinte sie: „Zieh dich aus und geh duschen, ich nehme das nasse Ding gleich mit."

Ich starrte sie an: „Ich... ich kann mich doch nicht vor Ihnen ausziehen", erklärte ich dann lahm.

„Du lässt vollgepisste Windeln herumliegen, pinkelst vor meinen Augen in die nächste und schämst dich dann, dich vor mir auszuziehen um zu duschen? Nein, Freundchen, so läuft das nicht! Und jetzt raus aus den Klamotten, aber dalli, sonst setzt es was mit dieser hübschen Bürste!" Dabei hob sie die Hand, in der sie eine langstielige Bürste hielt.

Ich zweifelte nicht daran, dass sie mich tatsächlich versohlen würde, also kam ich der Aufforderung nach. Zwar recht zögerlich, aber ich zog mich ja auch zum ersten Mal vor einer fremden Frau aus, die keine Ärztin war. Nackt und mit den Händen meine Genitalien bedeckend eilte ich in das Bad. Aus den Augenwinkeln nahm ich wahr, wie die Putzfrau die nasse Windel aufhob. Als ich eine Viertelstunde später den ,Wohnbereich' meines Hotelzimmers betrat, war sie weg.

Nach diesem Erlebnis blieb ich eine Zeitlang auf meinem Zimmer. Die Dame an der Rezeption wusste nun ja auch von meinem Problem, und ich wollte ihr nicht unter die Augen kommen. Schließlich hielt ich es aber nicht mehr aus, denn ich musste mich der Situation ja doch irgendwann stellen. Also machte ich mich auf dem Weg in die Stadt. Die Empfangsdame im Eingangsbereich verzog bei meinem Anblick keine Miene, was mich erleichtert aufatmen ließ.

Schon bald war das morgendliche Erlebnis verdrängt. Erst am Abend, als ich zu Bett ging, kam die Erinnerung wieder zurück und bei dem Gedanken an den nächsten Morgen wurde mir ganz flau. ,Was', dachte ich, ,wenn sie es dem gesamten Personal erzählt hat? Oder ihren Kolleginnen von der Putzkolonne? Was ist, wenn sie morgen nicht für mein Zimmer zuständig ist oder einen freien Tag hat und ihrer Vertretung von meinem Problem erzählt hat?' Die Fragen prasselten nur so auf mein Gehirn ein, aber natürlich konnte ich keine Antwort darauf finden. Dann endlich übermannte mich der Schlaf. Es wurde eine unruhige Nacht.

Am anderen Morgen verpackte ich die über Nacht getragene und natürlich nasse Windel in einer Plastiktüte und versenkte alles im Windeleimer. Als ich vom Frühstück zurückkam, war mein Zimmer bereits gemacht und die Tüte weg. Stattdessen hing ein Zettel am Spiegel, auf dem ‚Geht doch!' stand.

Während der restlichen Urlaubstage habe ich die Putzfrau nur noch zweimal aus der Ferne zu Gesicht bekommen. Am Tag der Abfahrt habe ich ein größeres Trinkgeld in einen Umschlag getan und an die letzte Tüte mit den benutzten Windeln gelehnt.

Während der Rückfahrt fiel mir erstmals auf, dass sich die Putzfrau gar nicht über meine nassen Windeln aufgeregt hatte, sondern über die Art, wie sie die Dinger vorgefunden hatte. Vielleicht hatten noch andere Hotelgäste das gleiche Problem wie ich, sodass es für die Zimmermädchen nichts Besonderes war? Eine Antwort darauf habe ich ebenso wenig bekommen wie auf die Frage, ob sie mich tatsächlich mit der hölzernen Bürste versohlt hätte. Irgendwie erregte mich der Gedanke, wegen meines Windeltragens versohlt zu werden.

Immerhin war durch das Erlebnis im Urlaub mein Interesse an Frauen erneut geweckt worden. Ich vermutete, dass neben der Putzfrau auch andere Menschen mit meinem Problem fertig werden würden, wenn sie dafür bezahlt werden. Allerdings hatte ich ja bereits einige sehr erniedrigende Erfahrungen mit Prostituierten gemacht. Dennoch versuchte ich es erneut, nur trat ich diesmal etwas selbstbewusster auf. Ja, die

Windel gab mir Sicherheit – allerdings verhinderte sie erneut sexuelle Erfahrungen. Es war einfach nichts zu machen.

So gingen ein paar Monate ins Land. Angefüllt waren sie mit Arbeit und einsamen Stunden daheim. Lediglich im Sanitätshaus fühlte ich mich frei von allen Lasten, denn Sandra, die Verkäuferin, kannte mein Problem und war mir gegenüber nicht nur geschäftsmäßig freundlich, sondern auch immer zu einem Scherz und freundlichen Worten bereit.

Noch im Laufe des gleichen Jahres ging der alte Doktor Schwarze schließlich in den wohlverdienten Ruhestand. Seine Tochter Monika übernahm die Praxis und die Patientenkartei, also auch mich.

5. Die erste Freundin

Mein Leben verlief nun eine ganze Zeit recht ruhig. Beruflich war mir der Einstieg gelungen, und im Laufe der ersten Wochen war ich sehr tief in die Materie eingetaucht und beherrschte sie vollständig. Das gab mir Sicherheit, so dass das Stressgefühl deutlich abnahm. Das hatte die erfreuliche Folge, dass die Windeln immer öfter trocken blieben, womit sich der Stress beim Windelwechsel auf der Toilette ebenfalls minimierte. Privat hatte ich zwar immer noch viele einsame Stunden und eine Freundin war weit und breit nicht in Sicht, aber trotzdem gönnte ich mir hin und wieder etwas Abwechslung, indem ich nach der Arbeit mit Kollegen etwas trinken ging. Zwar hielt ich mich dabei immer sehr zurück, aber wenn es doch mal nicht anders ging, machte ich eben in die Windel. Die Kollegen wussten nichts von meinem Problem und der gefundenen Lösung, also dachten sie, dass ich eine Riesenblase hätte, weil ich fast nie auf die Kneipentoilette ging.

Eigentlich verlief mein Leben in ruhigen Bahnen. Wegen der fehlenden Freundin und der deswegen entbehrten Zärtlichkeiten litt ich ein wenig, vor allem wenn ich in der Stadt glückliche Paare sah. Lediglich mit Sandra, der Verkäuferin im Sanitätshaus, wechselte ich freundliche Worte, die mir wie ein Flirt vorkamen. Aber das ging nur, wenn wir alleine im Laden waren, ohne andere Kundschaft und ohne ihre ältere Kollegin. Die schien mich nicht zu mögen, wahrscheinlich hielt sie mich für einen Perversen, der die Windeln nur zum Spaß trug. Ich hätte sie gerne von der Notwendigkeit überzeugt, aber ich traute mich nicht, sie darauf anzusprechen.

Inzwischen waren seit meinem ersten Windelkauf zwei Jahre verstrichen. Ich wollte meine Freizeit nicht nur mit Büchern oder vor dem Fernseher verbringen, also hatte ich mit dem Laufen begonnen. Beinahe jeden Tag war ich im kleinen Stadtwald unterwegs – unter dem Jogginganzug trug ich eine Windelpants, die man wie eine Unterhose anziehen konnte. Das war praktisch, denn dadurch ersparte ich mir die Gummihose. Bei den ersten Läufen hatte ich normale Windeln getragen und anfangs eine Schutzhose aus PVC, später aus überwiegend Baumwolle mit gummiertem Innenteil darüber gezogen, aber das gab anschließend hässliche rote Abdrücke, die sogar etwas schmerzhaft waren. Also experimentierte ich etwas herum und befand die Windelpants als geeignet – fortan kaufte ich also zwei Sorten von Windeln. Das sorgte bei Sandra für Verwunderung, aber nachdem ich ihr die Sache erklärt hatte, verstand sie meine Beweggründe.

Als ich an einem Augusttat wieder zum Laufen in den Stadtwald fuhr, hatte es zuvor geregnet. Das war nichts Neues, und da ich es nur ein leichter Regen war und ich schon öfter bei schlimmeren Regen gelaufen war, hielt mich das nicht ab. Die ersten zwei meiner vier Runden gingen ganz gut, obwohl der Boden rutschiger als gedacht war. Als ich überlegte, wegen der Rutsch- und damit Sturzgefahr vorzeitig aufzuhören, war ich einen kleinen Moment unkonzentriert – und stürzte. Mein linkes Bein tat höllisch weh, aber ansonsten fühlte sich alles normal an. Allerdings hatte ich beim Aufstehen große Mühe und belasten konnte ich das Bein auch nicht. Zum Glück kam ein anderer Läufer des Wegs.

„Was ist los, alles okay bei dir?"

„Bin ausgerutscht", presste ich zwischen den Zähnen hervor, „jetzt ist mein Bein wohl verstaucht."

Wieder versuchte ich einen Schritt zu gehen, aber man sah mir die Schmerzen wohl an.

„Wo steht dein Auto?"

„An der Tennishalle."

„Okay, stütz dich auf mich, ich bring dich hin. Das sollte sich auf jede Fall ein Arzt ansehen."

Mit viel Mühe erreichten wir meinen Wagen. Bevor ich etwas sagen konnte, hatte der Läufer bereits einen Krankenwagen gerufen. Er wartete noch, bis der ankam, dann klopfte er mir auf die Schulter und mit einem „Das wird wieder!" verschwand er.

Der Rettungssanitäter meinte nach kurzer Untersuchung: „Ich bin nicht sicher, dass es wirklich nur eine Verstauchung ist, das könnte auch gebrochen sein. Wir bringen sie jetzt ins Krankenhaus, dort wird das Bein geröntgt."

Ich war von den Ereignissen wie benommen und die Diagnose ‚Möglicherweise ein Bruch' schockte mich.

Nach kurzer Fahrt waren wir im Krankenhaus. Dort musste ich mit Hilfe einer Schwester aus der Röntgenabteilung Schuhe und Jogginghose ausziehen – dabei kam meine Windel zum Vorschein.

„Oh, sie tragen Windeln?"

„Ja, als…äh…Vorsichtsmaßnahme", stotterte ich, „denn manchmal, da – habe ich Stressinkontinenz."

„Na, Stress haben sie dann wohl heute schon genug gehabt", kam die ernste Antwort. Erst jetzt wurde mir bewusst, dass meine Windel durch die vom Sturz und der Abfolge der daraus resultierenden Ereignisse randvoll war.

„Ich werde sie erstmal frisch wickeln, danach machen wir die Röntgenaufnahme. Warten sie hier."

Bevor ich etwas sagen konnte, verschwand sie aus dem Raum, kehrte aber gleich darauf mit einer anderen Schwester und einem Windelslip zurück.

„Die Windelpants, die sie tragen, haben wir hier nicht, weil das Wechseln zu anstrengend wäre. Deshalb bekommen sie jetzt eine richtige Windel. Aber zuerst machen wir sie sauber."

Ich verharrte in einer Art Schockstarre, die von großer Scham ausgelöst wurde. Wie durch einen Nebel bekam ich mit, wie die beiden Schwestern meine Pants entfernten und den Unterleib reinigten. Gleich darauf legten sie mir eine ‚richtige' Windel an. Dann wurde mein Bein geröntgt. Das Ergebnis lautete ‚Knochenbruch', und gleich für den nächsten Tag wurde die Operation angesetzt. Bis dahin wurde ich in einem Drei-Bett-Zimmer mit zwei anderen Patienten untergebracht.

„Wenn sie mal müssen", erklärte mir die Stationsschwester, „brauchen sie nicht zu klingeln. Machen sie einfach in die Windel, wir wechseln sie dann regelmäßig." Da ich keine Sachen dabei hatte, bekam ich vom Krankenhaus ein

Nachthemd gestellt. „Das erleichtert den Windelwechsel", erklärte mir die Stationsschwester.

Die beiden Herren im Zimmer waren weit über sechzig Jahre alt. Sie hatten ihre jeweilige Erkrankung bereits weitestgehend überstanden, sodass es ihnen entsprechend gut ging und sie mich aufmerksam musterten. Vor allem die Aussage über meine Windel wurde genau registriert.

„So jung und trägt Windeln, das ist doch nicht normal! Bestimmt ein Perverser oder ein Bekloppter!", ereiferten sie sich. Ich war zu erschöpft, um sie über meine Notwendigkeit zum Windeltragen aufzuklären. Lediglich dem aufnehmenden Arzt hatte ich bei der Untersuchung und Auswertung des Röntgenbildes davon berichtet.

Tatsächlich kam im Laufe des Tages immer wieder eine Schwester ins Zimmer, um meine Windelbefüllung zu testen. War es in ihren Augen genug, wurde ich aufgedeckt und vor den Augen der beiden anderen Männer notdürftig gesäubert und dann frisch gewickelt. Da ich noch nie einen so intensiven Kontakt mit einer Frau gehabt hatte, reagierte mein Glied sofort auf die Berührung durch eine weibliche Hand. Die Schwester tat so, als hätte sie nichts bemerkt, und setzte ihre Tätigkeit fort, während sich meine Bettnachbarn über meine ‚Geilheit' aufregten. Als ich dann auch noch versehentlich abspritzte, war ich bei den beiden für immer und ewig unten durch. Schwester Karin wirkte dagegen äußerlich vollkommen unbeeindruckt und machte einfach weiter, als sei nichts geschehen.

Als das Pflegepersonal wieder draußen war, ereiferten sich meine beiden Bettnachbarn über mein ,unmögliches Benehmen', aber von ,so einem' könne man ja nichts anderes erwarten.

Die beiden Herren erhielten am Nachmittag Besuch von ihren Ehefrauen. Eine brachte auch ihre Tochter Tanja mit. Natürlich berichteten die beiden Herren ausführlich über die Schweinerei, die ich angestellt hatte: „Stell dir vor, da hat der Kerl der Schwester doch tatsächlich in die Hand gespritzt – das ist ein ganz perverses Schwein!"

Bestimmt war mein Gesicht vor Scham knallrot, aber ich verkroch mich unter meiner Decke und tat so, als ob ich schliefe.

Am anderen Morgen war dann die Operation, die ich gut überstand. Der Arzt erzählte bei der Visite etwas vom Verlauf und dass alles wieder heilen werde. Bald könnte ich wieder Sport treiben, versprach er.

Die nächsten Tage musste ich zur Beobachtung im Krankenhaus bleiben. Meine beiden Bettnachbarn wurden kurz nach meiner Operation entlassen, und ich war sehr froh darüber. Immerhin waren sie Zeuge meiner größten Blamage geworden. Schwester Karin nahm es dagegen überraschend gelassen, und wenn sie zum Windelwechseln kam, meinte sie immer schmunzelnd: „Zeit für den täglichen Sex!" Tatsächlich säuberte sie mich nicht nur, sondern spielte geschickt mit meinem Glied.

„Bitte nicht", stöhnte ich, „wenn das jemand sieht!"

„Ist doch niemand da", lächelte sie, „außerdem braucht ihr Männer es zwei- bis dreimal pro Woche, weil ihr sonst nur noch an Sex denkt und womöglich uns Krankenschwestern anfallt. Also entspann dich!"

Das war nicht so leicht, aber sie schaffte es jedes Mal, mir einen Höhepunkt zu verschaffen. Die anderen Schwestern dagegen säuberten mich schnell, effizient und dabei nicht gerade zartfühlend, wohl um eine Erektion von vornherein zu verhindern.

Nach drei Tagen ging es mir bereits recht gut. Der Gips wurde abgenommen und ich bekam einen Spezialschuh und zwei Gehhilfen. Eigentlich hätte ich nun entlassen werden können, aber da ich alleinstehend war, gab es das Versorgungsproblem, also Einkaufen, Kochen und die anderen Dinge des täglichen Ablaufs. Die Lösung dieses Problems bereitete mir Kopfzerbrechen, denn natürlich wollte ich endlich aus dem Krankenhaus raus. Auch wenn mir die gelegentlichen Fummeleien von Schwester Karin sehr gut gefielen, hatte ich doch ständig Sorge, dass man uns erwischen würde. Spätestens, sobald ein neuer Patient zu mir ins Zimmer gelegt werden würde, musste das ohnehin aufhören. Zudem wollte ich nicht vor weiteren Fremden mein Geheimnis des Windeltragens offenbaren müssen.

Die Lösung des Problems kam wie aus heiterem Himmel: Tanja, die Tochter eines ehemaligen Mitpatienten, betrat mein Zimmer und grinste mich fröhlich an: „Ah, da ist ja das große Baby!"

„Äh…ja", stammelte ich, „was…was machen sie denn hier?" Mir kam unsere erste Begegnung wieder in den Sinn, als ihr Vater detailliert von meiner Windel und dem Malheur beim Saubermachen meines Unterleibs berichtet hatte. Ich lief vor Scham rot an.

„Aha, du schämst dich ganz offensichtlich. Wenn du dich wegen der Windel schämst, muss es dir also peinlich sein. Peinliche Sachen macht man aber nicht freiwillig, also brauchst du tatsächlich Windeln?"

Ich nickte einfach nur. Als sie mich erwartungsvoll ansah, gab ich mir einen Ruck und erklärte ihr alles. Sie saß da und hörte mir einfach nur zu.

Als ich fertig war, meinte sie nur: „Interessant. Und wie sieht es mit einer Freundin aus? Ist bestimmt schwierig, mit so einem Problem jemanden zu finden, oder?"

Das konnte ich aus vollem Herzen bestätigen.

„Wie läuft das dann mit deiner Geilheit? Du wirst doch geil, oder?"

Ich nickte nur. Das Thema war mir sehr peinlich, aber irgendetwas brachte mich dazu, all diese intimen Fragen wahrheitsgemäß zu beantworten.

„Wichst du?"

Verlegen wand ich mich und wollte die Antwort verweigern.

„He, ich rede mit dir!" In Tanjas Stimme lag jetzt eine gewisse Strenge: „Ob du wichst, will ich wissen. Erzähl mir nicht, dass du keinen hochkriegst, denn der Schwester hast du ja die ganze Ladung ins Gesicht gespritzt."

„In… in die Hand", korrigierte ich matt.

„Egal, auf jeden Fall kannst du abspritzen. Also wichst du?"

„Ja."

„Möchtest du regelmäßig von einer Frau gemolken werden?"

Ich starrte sie verblüfft an. Nach einer kurzen Weile nickte ich verlegen.

Sofort zog sie mir die Bettdecke weg, schob mein Nachthemd nach oben und legte ihre Hand zwischen meine Beine. Als ich protestieren wollte, legte sie mir einen Finger auf den Mund und flüsterte: „Pst, ganz ruhig! Alles ist gut! Deine Mami ist ja jetzt da."

Ich verstand kein Wort, aber als sie durch die Windel hindurch meine Männlichkeit zu streicheln begann, schwieg ich. Es dauerte nicht sehr lange, und schon versuchte sich mein bestes Stück in der Windel aufzurichten, was jedoch nicht wirklich gelang, so dass es für mich unangenehm wurde.

„Bitte, hör auf", jammerte ich, „mein…mein… Penis…kann sich nicht aufrichten, die Windel sitzt zu stramm. Bitte, hör auf!"

„Keine Sorge, kleiner Mann, deine Mami hat alles im Griff – im wahrsten Sinne des Wortes!" Dabei lachte sie fröhlich wegen der Doppeldeutigkeit ihrer Worte.

Eigentlich wollte ich mich wehren, aber dann blieb ich doch still liegen und genoss weiterhin die Berührung. Ich ertappte mich sogar dabei, wie ich die Beine etwas spreizte, damit sie besser an alles herankam.

Ich weiß nicht, wie sie es geschafft hat, aber auf jeden Fall bekam ich schließlich einen Orgasmus und spritzte meinen Samen in die Windel. ‚Immerhin ist es dieses Mal nicht die Hand einer Krankenschwester', schoss es mir durch den Kopf.

Als ich mich von dem Samenerguss wieder beruhigt hatte, streichelte Tanja sanft meinen Kopf: „Braver Junge, das hast du ganz fein gemacht!"

„Danke!", war alles, was ich vorbringen konnte. Als sie ihre Hand wieder zwischen meine Beine legte, fühlte ich mich wohlig entspannt und sehr, sehr glücklich. Allerdings sorgte ein Samenerguss in die Windel bei mir immer für einen plötzlichen und drängenden Harndrang. So war es auch dieses Mal.

„Bitte, könntest du die Hand wegnehmen?", bat ich. Es wäre mir peinlich gewesen, wenn sie den in die Windel strömenden Urin auf Grund seiner Wärme durch die Hülle hindurch fühlen würde.

„Warum? Musst du pullern?"

Ihre direkte Art verblüffte mich, aber ich machte mit und hauchte ein „Ja!"

„Dann lass es laufen. Ich will wissen, wie sich das anfühlt."

„Aber.."

„Du brauchst dich deswegen nicht zu schämen. Erstens will ich es wissen, und zweitens kannst du dir ja vorstellen, dass ich deine Mami wäre – und Mamis wollen ihren Buben nie etwas Böses." Dann fuhr sie streng fort: „Los jetzt, pullere in die Windel!"

„Aber…"

„Sofort!"

Inzwischen war der Harndrang so stark, dass ich es wirklich nicht mehr halten konnte. Also ließ ich den Dingen ihren Lauf.

Schnell füllte sich die Windel mit meinem warmen Urin. Während ich vor Scham die Augen schloss, zog Tanja ihre Hand nicht weg. Sie schien die Windelbefüllung zu genießen, denn als ich kurz zu ihr hinüberblinzelte, sah ich die zu einem breiten Grinsen verzogenen Mundwinkel. Sie schien meine Entladung tatsächlich zu genießen.

‚Was für eine unglaubliche Frau!'. dachte ich.

Als die Wärme des Urins in der Windel nachließ, riss sich Tanja von ihrem Anblick los. Nun streifte sie mir das Nachthemd noch weiter hoch und küsste meine Brustwarzen. Das hatte noch nie eine Frau getan! In diesem Moment war ich ihr verfallen.

„Was findest du daran so toll?", wagte ich sie zu fragen.

„Keine Ahnung, ich finde mag es einfach, wenn ein Mann Windeln trägt und die auch noch benutzt." Dann wechselte sie das Thema: „Ich würde dich gerne besuchen, wenn du hier raus kommst. Wann wird das sein?"

„Theoretisch sofort, aber da ich mich noch einige Zeit mit den Gehhilfen bewegen muss, kann ich keinen Haushalt füh-ren, also Kochen, Einkaufen…"

„Dich saubermachen", ergänzte Tanja.

„Ja, das auch", seufzte ich.

„Okay, ich sag dir, was wir machen: Du kommst mit zu mir und ich kümmere mich um dich. Außerdem…", jetzt wurde ihr

Griff um meine Genitalien fester, „außerdem werde ich mich auch um dein körperliches Wohl kümmern und dich regelmäßig melken, damit du nicht immer an dir herumspielen und wichsen musst."

„Äh, also…"

„Keine Widerrede!"

Damit verließ sie das Zimmer. Nach ein paar Minuten kam sie mit einer Schwester zurück: „Ihre Freundin", damit deutete sie auf Tanja, „hat mir gesagt, dass sie sich um sie kümmern wird, solange ihre Bewegungsfreiheit eingeschränkt ist. Hier sind die Entlassungspapiere. Müssen sie vorher noch die Windel gewechselt bekommen?"

Bevor ich antworten konnte, tat das Tanja: „Ja, unbedingt, die Freude über die Entlassung hat ihn auslaufen lassen. Aber keine Sorge, ich wechsele sie ihm selber – muss ich ja zu Hause auch machen."

Der Schwester war es recht und rasch entfernte sie sich.

Tanja machte sich sofort an die Arbeit und zog mir das Krankenhausnachthemd aus. Dann holte sie in einer Schale Wasser, entfernte die nasse Windel und säuberte mich. Natürlich wurde mein Penis gleich wieder steif.

„Was denn, noch eine Erektion?", schmunzelte sie, „Da hat es einer aber besonders nötig!"

Im nächsten Augenblick wurde ich von ihr solange gemolken, bis es mir zum zweiten Mal an diesem Tag kam. Geschickt fing sie das Sperma mit der nassen Windel auf. Dann begann sie mit meiner Säuberung von vorne.

Eine halbe Stunde später humpelte ich an den Gehhilfen zu ihrem Auto. Ich trug dabei meine Sportsachen, die ich schon bei meiner Einlieferung getragen hatte. Mehr hatte ich ja als Notfall nicht dabei gehabt. Dass die Sachen verschwitzt waren und ich etwas müffelte, störte Tanja nicht: „Keine Sorge, daheim wird dich Mami gründlich duschen, dann müffelst du nicht mehr."

Die Fahrt zu ihrer Wohnung dauerte nicht lange. Unterwegs fuhren wir noch kurz bei mir vorbei und packten ein paar Sachen zusammen: Unterhemden, Jogginganzüge und vor allen Dingen Windeln und Gummihosen. Tanja war ganz aus dem Häuschen, als sie meine vielen Schutzhosen in den unterschiedlichen Farben sah.

Schließlich kamen wir bei ihr an und ich zog ein. Zum ersten Mal in meinem Leben war ich in der Wohnung einer Frau, und nicht nur das: Ich würde hier sogar eine Zeitlang wohnen!

Während Tanja nicht zum ersten Mal mit einem Mann eine Wohnung teilte, musste ich mich erst an das Zusammenleben mit einer Frau gewöhnen. Da ich aber bemüht war, ihr alles recht zu machen, gab es keine Probleme.

6. Vom Mann zum erwachsenen Baby

In der Folgezeit verlief mein Leben recht unbeschwert und es vergingen die Jahre. Beruflich hatte ich alles gut im Griff, so dass es dort keine Probleme gab. Im privaten Bereich hatte sich auch einiges geändert. Nachdem Tanja und ich ein Paar geworden waren, waren wir relativ schnell dauerhaft und nicht nur provisorisch zusammengezogen. Anfangs gab es wegen meiner Unerfahrenheit im Zusammenleben mit einer Frau einige schwierige Situationen, die wir aber lösen konnten. Angesichts meiner Freude über die Zweisamkeit war ich näm-lich immer bemüht, alles zu ihrer Zufriedenheit zu erledigen. Sexuell war unser Repertoire etwas eingeschränkt: Sie be-sorgte es mir mit den Händen, während sie mich als Beloh-nung für mein Wohlverhalten ihr Geschlecht mit Mund und Zunge liebkosen ließ. Mehr gestattete sie nicht, aber immerhin war das schon viel mehr, als ich vor unserer Beziehung hatte. Also machte ich ohne Protest mit. Allerdings hielt sie unsere Beziehung vor ihren Eltern geheim, denn sie wusste um die Ablehnung ihres Vaters von meiner Person. Da ihre Eltern sie aber nie besuchten, war die Geheimhaltung möglich.

Auch mein sonstiges Verhalten passte ich mehr und mehr ihren Vorgaben an: Von Anfang an durfte ich daheim für das kleine Geschäft nur die Windel benutzen. Doch schnell genüg-te ihr das nicht mehr und sie kaufte Schlafanzüge und sonsti-ge Sachen, deren Farben und Motive eher für kleine Kinder als für einen erwachsenen Mann waren. Allerdings waren die Größen auf Erwachsene zugeschnitten.

„Das wirst du daheim tragen, damit du auch optisch ein kleiner Windelpupser bist", befahl sie. Ich wollte protestieren, doch sie schmiegte sich zärtlich an mich und hauchte: „Bitte, du es für mich! Ich möchte dich als mein Baby haben. Es ist auch eine gute Übung für die Zeit, in der wir beide Kinder haben werden."

So verdreht Tanjas Logik auch war, so realistisch waren ihre harten Nippel, die sich gegen meinen Körper drückten. Als sie sich zudem an meinem Körper auf und ab schlängelte, setzte bei mir das logische Denken aus und ich gehorchte. Allerdings zog ich die komischen Sachen nur widerwillig an. Ich kam mir darin furchtbar lächerlich vor, aber sie fand mich ‚süß' und als Dank für das Anziehen durfte ich sie mit meinem Mund verwöhnen. Nun ja, damit war ich zwar noch nicht glücklich über die Sachen, aber angesichts dieser Belohnung machte ich auch diese Eskapade mit. Immerhin war sie meine erste Freundin und Sexualpartnerin – ich wollte sie auf keinen Fall verärgern oder gar verlieren.

Im Laufe der nächsten Wochen steigerte Tanja meine Umerziehung vom Mann zum erwachsenen Baby. Nachdem ich mich nach ein paar Tagen an das Tragen der Kleidung gewöhnt hatte und die Motive als alltäglich und daher nicht mehr ganz so albern ansah, kam sie eines Tages mit einem Schnuller nach Hause.

„Den wirst du jetzt immer dann im Mund haben, wenn ich das will", erklärte sie mir.

„Du spinnst, das...", begann ich.

Die Ohrfeige traf mich, bevor ich sie sah.

„Ich bestimme hier, so lautet die Abmachung! Und weil du gerade so schön trotzig bist, wirst du den Schnuller gleich tragen, dann brauche ich mir deine Nörgelei nicht mehr anhören."

Wieder öffnete ich den Mund zu einem Protest, aber blitzschnell steckte sie mir den Schnuller in den Mund. Als ich reflexartig danach greifen wollte, drohte sie: „Wag es ja nicht, ihn aus dem Mund zu nehmen! Wenn dir etwas an unserer Beziehung liegt, lässt du ihn da, wo er ist!"

Während ich in meiner Bewegung innehielt, rasten meine Gedanken. Was Tanja hier gerade machte, war nichts anderes als eine emotionale Erpressung. Andererseits hatte ich endlich eine Freundin, die mich so nahm, wie ich war, nämlich ein junger, inkontinenter Windelträger. Ich hatte mir schon öfter eingeredet, dass es vor diesem Hintergrund nur gerecht wäre, wenn ich sie mit ihrem Faible ebenso selbstverständlich nehmen würde. Ganz offensichtlich wollte sie nicht einfach nur einen Windelträger zum Freund haben, sondern ein erwachsenes Baby. Nun ja, jeder hat seine Fantasien, und was war schon dabei, wenn ich mich zu Hause wie ein Baby anziehen und behandeln ließ? Die bisherigen Spiele mit Baden, Duschen und den vielen Windelwechseln inklusive Säuberungsaktionen meines Unterleibes hatte mir ja immer sehr gut gefallen. Auch die kindlich aufgemachte Kleidung für Erwachsene hatte ich angezogen, also wäre der Schnuller nur das i-Tüpfelchen. Also nahm ich den Schnuller aus dem Mund und machte gleichzeitig eine abwehrende Handbewegung. Dann sagte ich: „Okay, du hast gewonnen! Ich werde den Schnuller tragen, wann immer du das willst. Da du mich als Baby willst, werde ich mitmachen – versprochen!"

Ich sah, wie ihr Blick milde wurde. Mit sich vor Freude überschlagender Stimme rief sie: „Oh, das ist schön! Das ist wunderbar!" Sie fiel mir um den Hals und die Umarmung währte recht lange.

Als sie sich wieder gelöst hatte, mahnte sie mit erhobenen Zeigefinger: „Jetzt aber hurtig den Schnulli in den Mund!"

Gehorsam nahm ich ihn auf.

„Zum Babysein gehört noch ein bisschen mehr", überlegte sie nun laut, „ich wollte es ja nach und nach einführen, um dich nicht zu überfordern, aber nun… Du hast ja gesagt, dass du alles mitmachen wirst, um mein erwachsenes Baby zu sein. Richtig?"

Ich schluckte, denn mit weiteren Forderungen hatte ich nicht gerechnet. Laut sagte ich gedehnt „Ah", um sie zum Weitereden zu bewegen, ohne ihr zu diesem Zeitpunkt zuzustimmen oder zu widersprechen. Zudem waren mehr Worte wegen des Schnullers nicht möglich.

„Nun, wie du vielleicht weißt, können Babys nicht laufen. Da du nun in der Rolle des Babys bist, möchte ich, dass du hier in der Wohnung nur noch auf allen Vieren krabbelst."

Jetzt nahm ich den Schnuller doch aus dem Mund. „Was? Aber das..."

„Bitte, tu es für mich!" Ein flehender Blick aus feucht schimmernden Augen traf mich. Wie sollte ich da widerstehen!?!

„Na ja, okay", räumte ich gedehnt ein, „ich kann es ja mal versuchen."

„Super! Du bist echt ein Schatz! Und, äh..."

Ich verstand und steckte mir den Schnuller wieder in den Mund. Als sie mich erwartungsvoll anschaute, ließ ich mich auf alle Viere hinab und krabbelte etwas unbeholfen durch die Wohnung. Gerade diese Unbeholfenheit gefiel ihr sehr gut und sie jauchzte: „Wie ein richtiges Baby! Wunderbar! Du bist ein toller Schatz! Dafür darfst du mir heute Nacht tüchtig den Schlitz lecken!"

Die nächsten Tage und vor allem die Wochenenden wurden nun zum Intensivtraining im Babysein. Tanja behandelte mich mit Worten und Taten wie ein Baby, aber sie vergaß darüber nicht meine erwachsenen Bedürfnisse: Jeden zweiten Tag besorgte sie es mir mit Handarbeit oder ließ mich ihre Lustgrotte lecken. Sogar einen Nachttopf mit kindlichen Motiven, aber auch in den Maßen eines erwachsenen Mannes hatte sie besorgt. Jeden Tag ließ sie mich darauf mindestens zwanzig Minuten sitzen. Verrichtete ich in der Zeit mein großes Geschäft, war alles gut, aber wenn nicht, musste ich es ebenfalls in die Windel machen.

„Babys benutzen keine Toilette", belehrte sie mich.

„Ja, ich weiß, aber ich bin doch erwachsen, da könnte ich doch das große Geschäft…"

„Nein!"

„Aber in der Windel ist es doch eklig!"

„Machst du dich sauber oder säubere ich dich?"

„Du machst das", musste ich einräumen.

„Dann hör auf zu lamentieren. Solange es für mich nicht eklig ist, machst du ins Töpfchen oder eben in die Windel. Basta!"

Wie so oft gab ich auch dieses Mal kleinlaut bei. Insgeheim versuchte ich noch immer, mir alles schönzureden: Wenn der Preis für eine Beziehung und etwas Sex ein Rollenspiel in meiner Freizeit war, würde ich eben mitspielen. Tatsächlich hatte Tanja in meinen Augen die schlechtere Rolle inne, denn als ‚Mami' musste sie all die ekligen Dinge tun, vor denen mich im umgekehrten Falle furchtbar geekelt hätte. Wichtig war mir jedoch, dass niemand etwas von unserem Arrangement erfuhr, weder die Nachbarn noch unsere Bekannten oder gar meine Kollegen.

„Diskretion ist doch auch für mich wichtig", erklärte Tanja auf meine wiederholte Bitte um Verschwiegenheit, „wenn das alles bekannt wird, sind wir doch beide blamiert. Das will ich nicht! Also keine Sorge, das Rollenspiel ‚Mami und ihr Baby' bleibt unser Geheimnis!"

Tatsächlich konnten wir unser Spiel geheim halten. Sandra, die Verkäuferin im Sanitätshaus, in dem ich immer noch meine Windeln kaufte, wunderte sich zwar über meinen erhöhten

Bedarf, aber ich erzählte ihr etwas von einem schwierigen Großauftrag in der Firma und dass ich dadurch enorm viel Stress hätte. Sie sah zwar nicht so aus, als ob sie mir glauben würde, aber sie war diskret genug, nicht weiter nachzufragen.

Schließlich kamen der Sommer und damit die Urlaubszeit. Tanja wollte unbedingt mit mir nach Dänemark, weil es dort einsame Strandabschnitte gab, an denen man sich ungeniert der Liebe hingeben konnte. Außer der einen Fahrt an den Bodensee hatte ich keinen Urlaub mehr auswärts verbracht, erst recht nicht im Ausland. Tanja war darin hingegen recht erfahren und organisierte alles. Sie buchte ein Ferienhaus an einem Strand, von dem sie wusste, dass er gewöhnlich menschenleer war. Es zahlte sich eben aus, großzügige Eltern zu haben, die ihrer Tochter einfach alles bezahlten. Wie sie das machte, war mir ein Rätsel, zumal sie ihnen nichts von mir erzählte.

Ich verfolgte die Planungen und die Organisation mit gespielter Begeisterung. Tatsächlich war mir bei der ganzen Sache nicht wohl, vor allem mit Blick auf die riesigen Windelberge, die wir im Auto verstauen mussten. Tanja spielte meine vorsichtig geäußerten Bedenken herunter. Als es ihr zu bunt wurde, fauchte sie mich an: „Du Baby, ich Mami – und die Mami bestimmt, wohin es im Urlaub geht. Das Baby kommt einfach mit und hat die Klappe zu halten!"

Ich wollte sie nicht weiter verärgern und schwieg. Also kam der Tag der Abfahrt und wir rauschten los. Nach einer gefühlten Ewigkeit kamen wir am Urlaubsort an und bezogen sofort die Ferienwohnung. Sie war recht hübsch und lag nur knapp hundert Meter vom Meer entfernt. Der Strand war weit und breit menschenleer, was mich etwas beruhigte. Die Leere lag sicher daran, dass die nächstgelegenen Ferienhäuser sehr weit von unserem Domizil entfernt lagen.

Nachdem wir alles vom Auto ins Haus getragen hatten, machten wir Händchen haltend einen langen Spaziergang. Es war dort wunderschön, und ich begann mich auf den Urlaub zu freuen.

Den nächsten Tag verbrachten wir fast vollständig am Strand: Sonnenbaden, Schwimmen, Faulenzen – es war herrlich! Weniger schön war, dass ich am Strand nackt sein musste.

„Überleg doch mal: Willst du mit Windel am Strand sitzen? Du könntest damit auch nicht ins Wasser gehen. Wenn du nackt bist, kannst du das - und FKK ist nichts Schlimmes. Wenn dir ein paar Tropfen aus deinem Pimmelmann entweichen, gehen sie halt in den Sand und sind ganz schnell versickert. Also stell dich nicht so an!"

Als ich dennoch Bedenken äußern wollte, zog sie wieder ihre Trumpfkarte: „Ich Mami, du Baby – du tust, was ich sage, verstanden?" Als ich nicht gleich antwortete, schob sie ein scharfes: „Ob du verstanden hast, will ich wissen!" nach.

Mit einem Nicken kapitulierte ich. Gegen diese Logik kam ich einfach nicht an.

Obwohl die Sache für mich damit erledigt war, schien Tanja von meinem Gehorsam noch nicht überzeugt zu sein. Allem Anschein nach wollte sie mich auf die Probe stellen.

Am Morgen des nächsten Urlaubstages lagen wir nebeneinander am Strand – Tanja mit einem knappen Badeslip in Tangaform, jedoch oben ohne, ich splitternackt. Plötzlich näherte sich ihr Mund meinem Kopf und ganz dicht an meinem Ohr hauchte sie: „Hol dir einen runter."

Ich war sprachlos: „Was? – Äh, wie?" Mein Blick suchte wieder instinktiv den Strand nach möglichen Spaziergängern ab. Aber wie schon an den Tagen zuvor war weit und breit niemand zu sehen.

Jetzt beugte sie sich weit zu mir herüber, bis sich ihre Brüste in meine Brust bohrten. Ich spürte deutlich die harten Knospen an ihren Spitzen, während sie mir erneut zuhauchte: ‚Nicht denken – wichsen!"

„Aber..."

Jetzt wurde ihr Tonfall schärfer: „Sofort!"

Bei dem Gedanken, in aller Öffentlichkeit an mir herumzuspielen, wurde ich sofort knallrot im Gesicht.

„Ich kann doch nicht...", wandte ich nochmals zaghaft ein.

Weiter kam ich jedoch nicht, denn im gleichen Augenblick wurde ich unsanft am Ohr gepackt und in Richtung Ferienhaus gezogen. Vor Schreck fing mein Pimmelmännchen zu tropfen an, und ich hinterließ eine dünne Pipispur im weißen Sand.

„Aua, mein Ohr, das tut weh! Lass mich los, bitte!"

Tanja blieb von meinem Gejaule unbeeindruckt und zog mich stumm, aber bestimmt hinter sich her. Erst im Haus angekommen ließ sie mein Ohr los, und mit einem wehleidigen Ausdruck im Gesicht rieb ich wild daran herum, um den Schmerz zu lindern. Ein Fehler, denn dadurch bekam ich nicht mit, was sie vorhatte. Tanja hatte deshalb das Überraschungsmoment auf ihrer Seite und leichtes Spiel, mich quer über ihren Schoß zu ziehen, während sie auf dem Sofa Platz genommen hatte. Noch bevor ich reagieren konnte, hatte sie meine Beine zwischen ihren eigenen festgeklemmt, während sie mit einer Hand meinen Oberkörper nach unten drückte. In der freien Hand hielt sie plötzlich eine Haarbürste.

„So, du verdammtes Balg, du findest es also toll, Widerworte zu haben, ja? Ich finde das alles andere als toll, und das werde ich dir jetzt ein für allemal beweisen."

Gleich darauf sauste die Haarbürste herab und traf mein nacktes Gesäß. Sofort breiteten sich Hitze und Schmerz aus und umhüllten rasch meinen gesamten Po. Gleichzeitig entrann meiner Kehle ein zwischen Schmerz und Überraschung schwankendes „Aua!", während aus meinem Pimmelmännchen ein heißer Strahl Urin schoss und ihren Schoß beschmutzte. Meine Freundin oder besser Mami ließ sich davon aber nicht beeindrucken und ließ die Haarbürste wieder und wieder auf meinen Po knallen. Meine Schmerzenslaute wurden dabei immer lauter, und längst schon verhinderten nur die Beinklemme und ihr eiserner Griff, dass ich aufsprang. So aber konnte ich mich nur unter ihrem Griff winden, jedoch nicht entkommen. Ich musste die gesamte Strafe hinnehmen, und sie versohlte mich an diesem Tag erstmals und das sehr, sehr gründlich.

Endlich war es vorbei, und sie stieß mich von ihrem Schoß. Ich war noch von der schmerzerfüllten Hitze meiner Kehrseite umnebelt, und bekam nicht mit, wie sie mir den Stoß versetzte, so dass ich mich nicht abfing und auf dem Fußboden landete.

„Schau dir meine Beine an!", schimpfte sie, „Ganz nass, weil du dich wieder entleert hast. Los, ins Bad mit dir! Du Ferkel, du kriegst jetzt erstmal eine Windel!"

Damit wurde ich wieder am Ohr gepackt und in das Badezimmer gezogen, wo sie mir sofort eine Windel anlegte. Darüber zog sie mir eine blaue Plastikhose und einen weißen Slip. Ein rasch herbeigeholtes T-Shirt und eine weiße Mütze vervollständigten meine Kleidung. Dann schob sie mich wieder zur Tür hinaus, griff meine Hand und zog mich zurück an den Strand.

Einerseits war ich froh, nicht mehr nackig herumlaufen zu müssen, andererseits fand ich mich in der Kleidung albern.

„Du – äh, muss die viele Kleidung sein, kann ich nicht einfach eine Badehose anziehen?", wagte ich schüchtern einzuwenden.

Sofort blieb Tanja stehen, und ehe ich mich versah, hatte sie mir mit der flachen Handfläche mehrmals auf die nackten Schenkel geklatscht.

Sofort führte ich einen kleinen Veitstanz auf, denn sie hatte hart zugeschlagen.

„Wenn ich von dir heute noch ein Widerwort höre", drohte sie mir jetzt mit erhobenem Zeigefinger, „dann werde ich dir mit einem meiner Ledergürtel den Arsch dermaßen voll hauen, dass du tagelang nicht sitzen kannst. Hast du mich verstanden?"

Ich spürte, dass sie ernsthaft wütend war und wollte das keineswegs schüren. Also wollte ich artig nicken, aber ich war zu langsam, denn wieder landete ein Hieb mit der Handfläche auf einem Schenkel.

„Ob du mich verstanden hast, will ich wissen!", fauchte Tanja.

Ich schluckte, dann presste ich zwischen den Zähnen ein „Ja" hervor.

Sofort fing ich mir den nächsten Schlag ein.

„Wie heißt das?"

„Ja...ja, Mami."

„Na also, geht doch!"

Zufrieden wandte sich Tanja zum Gehen und zog mich wieder zu unserem Liegeplatz am Strand. Dort angekommen, griff sie in ihr Bikinihöschen und zog einen Schnuller hervor: „Damit dir das Unterlassen von Widerworten leichter fällt", lächelte sie. Ich öffnete den Mund zu einem Protest, denn schlimm genug, dass auf Grund meiner spärlichen Unterleibsbekleidung für jeden Spaziergänger zumindest auf den zweiten Blick erkennbar war, dass mein Höschen ein Windelpaket umspannte, wäre ein Schnuller sofort aufgefallen. Allerdings ließ mich die eben erhaltene Tracht Prügel nicht zögern. Bereitwillig öffnete ich meinen Mund und nahm den Schnuller auf. Die Schmerzen von der kurze Zeit zuvor erhaltenen Tracht Prügel waren inzwischen fast gänzlich abgeklungen und einer wohligen Wärme gewichen.

Ich war mit meinen Gedanken noch bei meinem ersten Povoll, den mir Tanja verabreicht hatte, so dass ich nur wie aus weiter Ferne ihre Stimme vernahm: „Der Schnuller bleibt jetzt in deinem süßen Mäulchen, bis ich ihn dir herausnehme. Wehe, du nimmst ihn selber raus! Dann gibt es tüchtig Haue mit dem Gürtel, verstanden?"

„Jo, Mo-mmm…", presste ich durch den Nuckel hindurch.

„Gut, dann spiel jetzt schön in diesem großen Sandkasten! Mami macht inzwischen ein Sonnenbad, und du bist ganz dolle lieb, nicht wahr?"

„Jo, Mo-mmm:"

„Braver Junge! Dann bleibt nur noch eine Sache zu tun, aber das ist nur zu deiner eigenen Sicherheit."

Ich wusste, was jetzt kommen würde. Und richtig, sie legte mir mit sicheren Griffen Schwimmflügel an. Diesmal wagte ich keinen Protest zu erheben, denn ich spürte, dass die Drohung mit dem Gürtel keine leere Androhung war. Sie hatte mich eben mit einer Haarbürste versohlt, dann wäre für sie die Verwendung eines Ledergürtels keine allzu große Überwindung. Ich zog es daher vor, lieb zu sein und zu gehorchen. Der Strand war immer noch menschenleer und ich hatte daher die große Hoffnung, dass das nun, da der Nachmittag bereits fortgeschritten war, auch so bleiben würde.

Nachdem ich in Tanjas Augen gut versorgt war, streckte sie sich in Rückenlage auf der Decke aus. Ich ließ derweil meine Blicke weiter unauffällig durch die Umgebung wandern, aber weit und breit schien niemand zu sein. Natürlich konnte sich jemand in den Dünen, die in einiger Entfernung den flachen Strand begrenzten, verstecken, aber das hielt ich für eher unwahrscheinlich.

Langsam entspannte ich mich und begann, mit meinem Kinderspielzeug im Sand zu schaufeln. Dabei schweifte mein Blick immer wieder zu Tanjas schlankem Körper hinüber. Es kam mir alles völlig unwirklich vor: Mein Aufzug, dass ich damit in aller Öffentlichkeit am Strand saß und im Sand spielte, dazu diese tolle Frau neben mir, die sowohl meine verständnisvolle Freundin als auch im Rahmen unseres Faibles meine liebevolle und manchmal strenge Mami war. Ein Gefühl großer Freude breitete sich in mir aus. Ich war glücklich! Nicht nur das: Zum ersten Mal empfand ich das Leben als Adult Baby auch als mein eigenes Faible! Eine völlig neue Sichtweise, die ich am Strand in Dänemark gewann – und die mir zunehmend besser gefiel.

Mein Blick ging hinüber zu ihren Brüsten, die wegen der Rückenlage etwas seitlich an ihrem Körper anlagen. Ich wusste, dass Tanja ihre Oberweite als zu klein empfand, aber für meinen Geschmack waren sie genau richtig! Ich liebte diese

Äpfel so, wie sie waren, denn sie waren reine Natur, keine Kunstprodukte.

Der Anblick ihrer blanken Brüste brachte mich auf eine Idee. Langsam kroch ich auf sie zu und ergriff vorsichtig einen Busen. Sofort begann Tanja unruhig zu werden und aus ihrem Schlummer aufzuwachen. Rasch führte ich meinen Mund zum Busen und wollte gerade den Nippel in den Mund nehmen, als mir der Schnuller einfiel. Verdammt, an den hatte ich überhaupt nicht mehr gedacht, und weil ich schon so an ihn gewöhnt war, hatte ich ihn völlig verdrängt.

Mein schöner Plan war damit zunichte gemacht, noch bevor ich ihn ansatzweise hatte ausführen können. Tanja war jetzt ebenfalls wach, und damit ein unbemerkter Rückzug unmöglich.

„Was...was ist los?" Ihre Stimme klang schlaftrunken aber ihre Augen hatten mich schon fest ins Visier genommen. „Hast du mir an die Titten gefasst?", fragte sie streng.

„Ich...ho...Durst", erwiderte ich geistesgegenwärtig durch den Schnuller pressend.

Ach so", antwortete sie versöhnlich, „dann komm mal her!"

Das ließ ich mir nicht zweimal sagen, denn der Gedanke, gleich an ihrer Brust saugen zu dürfen, bescherte mir ein lustvolles Gefühl. Zu meiner großen Enttäuschung griff sie jedoch in ihre riesige Badetasche und zog eine Thermoskanne sowie eine Nuckelflasche heraus. Rasch füllte sie eine gelbliche Flüssigkeit in das Fläschchen, nahm mir den Schnuller aus dem Mund und drückte mir das Fläschchen in die Hand.

„Was – was ist das?", fragte ich entgeistert.

„Kamillentee, der ist gut für kleine Windelpupser."

„Heißer Tee? Im Sommer?"

Sie lachte laut auf, dann meinte sie: „Du Dummkopf! Der Tee ist natürlich kalt, ich transportiere ihn nur in der Thermoskanne, weil die garantiert nicht auslaufen wird. Und nun trink schön, damit du bald wieder pullern kannst."

„Kann ich...- kann ich nicht an deinen Brüsten nuckeln?", fragte ich etwas schüchtern.

„Du willst an Mamis Milchtüten? Na ja, zuerst trinkst du jetzt mal dein Fläschchen leer, dann sehen wir weiter."

„Kann ich nicht gleich...? Den Tee trinke ich dann später auch noch, ganz bestimmt!"

„Nein, das hatten wir schon!" Sie erinnerte sich tatsächlich an dieses eine Mal, wo ich danach das Fläschchen vergessen hatte. Wie lange war das nun her, ein Jahr oder noch länger? Aber sie wusste es noch, verdammt!

„Trink endlich das Fläschchen leer!", kommandierte sie.

Hatte ich so lange in Erinnerungen geschwelgt oder warum wurde sie jetzt ungeduldig?

Rasch setzte ich das Fläschchen an und saugte an dem Nuckel. Kamillentee gehörte nicht zu meinen Lieblingsgetränken, aber sie war überzeugt davon, dass er mir gut tun würde. Seit sie gelesen hatte, dass Kamille beruhigen würde, verabreichte sie mir unter Hinweis auf meinen beruflichen Stress oft einen Tee daraus. Als ihr Freund diskutierte ich dann schon mal über den Sinn oder Unsinn ihrer Ansicht, aber als ihr Baby musste ich artig sein und durfte auf keinen Fall widersprechen oder gar lamentieren.

Endlich war das Fläschchen leer. Gerade, als mir Tanja wieder den Schnuller in den Mund stecken wollte, rief ich rasch: „Will Milch!".

Etwas verwirrt schaute sie mich an, aber dann erinnerte sie sich. Lachend setzte sie sich im Schneidersitz auf der Decke zurechte, während ich schnell meinen Oberkörper auf ihre Beine legte. Kaum hatte ich die geeignete Position eingenommen, als sie mir schon eine Brust hinhielt. Sofort schnappte ich mit meinem Mund danach, wobei ich aber peinlich genau darauf achtete, sie nicht mit den Zähnen zu berühren.

Während ich gierig an ihrem Nippel saugte, spürte ich die Lust in meinen Lenden aufsteigen. Mein Penis wurde von der Situation so in den Bann gezogen, dass er sich zu seiner vollen Größe aufrichten wollte, was wegen der eng anliegenden Windel nur sehr eingeschränkt möglich war. Wild protestierend pochte es in seinen Adern, während er immer wieder gegen die Wände der nun viel zu engen Schutzkleidung drückte. Schon gesellte sich zu meinen schmatzenden Sauggeräuschen ein leises brünstiges Stöhnen, das nicht von mir alleine kam.

Plötzlich spürte ich eine Hand auf meinem Slip, die zielgerichtet zwischen meine Beine fuhr. Trotz meiner Verpackung registrierte ich die liebevolle Berührung, spürte die streichelnden Bewegungen, die mich immer heißer werden ließen. Längst schon konnte ich meinen Unterleib nicht mehr stillhalten, ich musste ihn einfach bewegen, auf und ab, erst langsam, dann immer schneller. Dabei entglitt meinem Mund immer wieder der herrliche Nippel, der schönste Schnuller für einen Mann! Konnte ich ihn anfangs recht schnell wieder erhaschen, war es damit irgendwann vorbei, weil mich die Lust ablenkte. Befreit vom köstlichen Nuckel stöhnte ich nun umso lauter, während sie mich immer heftiger zwischen den Beinen streichelte. Ich spürte die glühendheiße Hitze meines Gliedes, die längst nicht mehr nur von der Wärme der Windel stammte, dazu fühlte ich das Kribbeln meiner Hoden, das Aufsteigen der Lust und dann – entlud ich mich tatsächlich in die Windel. Zuckend schoss das Sperma aus meinem Glied heraus und blieb an der Wand der Windel hängen. Das Vlies konnte die zähe Flüssigkeit wie schon in der Vergangenheit nicht richtig aufsaugen, so dass sie teils an der Saugeinlage, teils an meinem Geschlecht haften blieb.

Es dauerte einige Zeit, bis ich mich wieder beruhigt hatte. Dann richtete ich mich auf und sah Tanja in die Augen. Sie lächelte und küsste mich auf die Stirn. Ich wollte etwas sagen, mich für das wunderbare Gefühl zwischen den Beinen bedanken, aber ich kam nicht dazu: Sie schob mir einfach den Schnuller in den Mund!

„Jetzt hast du genug getrunken, also spiel schön weiter! Die Mami ist jetzt beschäftigt!"

Damit wandte sie sich ihrer Tasche zu und holte – einen batteriebetriebenen Vibrator heraus. Rasch zog sie das knappe Bikinihöschen aus, steckte sich das Gerät in ihr Schmuckkästchen und stellte es an. Dann legte sie sich auf den Rücken und begann nach kurzer Zeit wohlig zu seufzen, was sich schnell in wollüstiges Stöhnen verwandelte. Ihr Anblick und das Stöhnen ließen mein Glied nicht kalt, und schon presste es sich erneut gegen die Windel, um der Enge zu entfliehen. Diesmal legte ich selber Hand an, aber wegen der gerade erst erfolgten Entladung und weil Tanjas Berührungen anders und schöner als meine eigenen waren, dauerte es etwas länger als bei ihr. Aber schließlich entlud ich mich erneut in die Windel.

Wie oft es Tanja in der Zwischenzeit gekommen war, wusste ich nicht, aber dem riesigen feuchten Fleck auf der Decke nach zu urteilen musste sie mehrere Orgasmen gehabt haben. Trotzdem fand sie noch kein Ende, und sich vor Ekstase windend spielte sie mit einer Hand an ihren Brüsten und den Nippeln herum, während sie mit der anderen abwechselnd ihre Schenkel, ihre Liebesgrotte und ihre Pokerbe bearbeitete.

Fasziniert beobachtete ich sie bei ihrem selbstvergessenen Schauspiel. Ich genoss es, bis mich ein plötzlich aufkommender dringender Harndrang ablenkte. Liebessaft in der Windel führt bei mir immer zu raschem Harndrang, der sich sehr rasch nach seiner Ankündigung auch schon seinen Weg nach draußen sucht. Zum Glück war die Windel noch frisch und damit ohne Füllung. Also ließ ich das Pipi einfach laufen und nässte mitten am Strand ein. Damit gesellte sich zu dem vom doppelten Samenerguss hervorgerufenem Gefühl der Entspannung nun auch noch die Freude über die nasse Windel. Das Pipi umspülte nicht nur meine Genitalien, sondern floss auch sehr schnell zu meinem Gesäß, das ebenfalls mit warmer Flüssigkeit überschwemmt wurde. Erst jetzt spürte ich die restliche Hitze der mit der Haarbürste empfangenen Hiebe, die von der Wärme des Pipi verstärkt wurde. Eine Flut von Sinneseindrücken raste durch meinen Körper und überschwemmte mein Gehirn gleich dem Pipi meine Windel. Ich fühlte mich plötzlich müde, einfach nur müde, aber dabei herrlich entspannt. Ich stürzte in ein Bassin voller Glück! Zufrieden mit meinem Dasein streckte ich mich auf meiner Decke aus. Es dauerte nicht lange, und ich war eingeschlafen.

Irgendwann wachte ich wieder auf, meine Sinne registrierten die Umgebung: die Decke, mein Kinderspielzeug, den Strand, das Meer und – erschrocken fuhr ich hoch und suchte mit Blicken alles ab. Dann atmete ich erleichtert auf: Keine Spaziergänger weit und breit, keine Zuschauer, die irgendetwas hätten mitbekommen können. Erleichtert atmete ich tief durch.

Als ich zum Meer hinüber sah, entstieg ihm gerade Tanja. Sie war jetzt splitternackt, wahrscheinlich hatte sie sich ihren Liebessaft abgewaschen. Als sie meine Blicke bemerkte, kam sie rasch herüber: „Na, wie geht es meinem Windelpupser?", begrüßte sie mich lächelnd.

„Hervorragend!", lachte ich. Dann wurde mir bewusst, dass ich den Schnuller nicht im Mund hatte. Sofort wollte ich dafür eine Entschuldigung stottern, aber dann fiel mir gerade noch rechtzeitig ein, dass ihn mir Tanja nach unserem Liebesspiel nicht mehr verabreicht hatte, weil sie sich möglichst schnell mit dem Vibrator befriedigen wollte.

„Allerdings – meine Windel ist randvoll! Ich habe mich einmal komplett entleert, und meine Blase ist schon wieder ziemlich voll. Ich habe Angst, das sie überläuft!"

„Das haben wir gleich!"

Rasch entfernte sie mir den Slip und die Plastikhose, dann nahm sie mir die Windel ab. „Oh ja, die ist wirklich randvoll!", stellte sie fest. Gleich darauf zog sie mich in Richtung Wasser.

„Marsch, ins Wasser!", kommandierte sie.

„Warum?"

„Fängst du schon wieder das Diskutieren an? Los, ab ins Wasser und dann wird gepinkelt. Ich will einen hübschen kräftigen Strahl sehen!"

„Ich soll – ins Wasser machen?"

Wird das bald was oder brauchst du erst ordentlich was hintendrauf?"

Mit gemischten Gefühlen erinnerte ich mich an die mit der Haarbürste bezogene Wucht, und weil der Drang meiner Blase immer heftiger wurde, machte ich mich bereit, im Stehen mein kleines Geschäft ins weite Meer zu machen. Schließlich schoss das Pipi in einem großen Bogen aus meinem Penis heraus. In die Erleichterung über die Blasenentleerung mischte sich ein riesiges Schamgefühl, denn das, was ich hier tat, war sehr, sehr ungezogen!

Als ich aus dem Wasser herauskam, scheuchte mich Tanja jedoch sofort wieder zurück: „Einmal das Pipimännchen untertauchen und schön abwaschen. Danach die Hände gründlich mit dem Seewasser waschen, aber alles bitteschön etwas von der Stelle des Reinpinkelns entfernt! Dass man dir Dummkopf immer alles sagen muss!"

Etwas widerstrebend und mit nun doch schamrotem Kopf gehorchte ich. Nachdem alles zu ihrer Zufriedenheit erledigt war, trocknete sie meinen Unterleib gründlich ab. Dann holte sie aus ihrer Badetasche eine frische Windel, die sie mir mitten am Strand gekonnt anlegte. Diesmal zog sie mir aber nur die Plastikhose darüber, den Slip ließ sie weg.

Den Rest des Tages verbrachte sie mit Sonnenbaden und Schwimmen, während ich entweder selbstvergessen im Sand spielte oder völlig entspannt auf der Decke liegend das Leben genoss. Zwischendurch nässte ich immer mal wieder ein, woran der Kamillentee, von dem mir Tanja zu jeder halben Stunde ein Fläschchen verabreichte, maßgeblich beitrug. Die nassen Windeln wurden mir immer recht zügig abgenommen, aber bevor es eine neue gab, musste ich erst ins Wasser und eine Zeitlang schwimmen. Sie wollte, dass ihr kleiner Windelpupser auch etwas von der See hatte, außerdem wurden meine Genitalien dadurch etwas gesäubert.

So verging der Tag wie im Fluge. Mit Beginn des Abends kam etwas Wind von der See herüber. Da wir ohnehin hungrig waren, packten wir zusammen und zogen uns in die Ferienwohnung zurück.

Nach einem köstlichen Essen kuschelten wir noch einige Stunden auf der Veranda, bevor wir uns ins Bett verkrochen. Zuvor wurde ich auf das Töpfchen gesetzt und bekam für die Nacht eine extra dicke Windel verpasst.

„Warum so eine dicke Windel?"

„Du hast viel getrunken, und die Seeluft macht müde, also werden wir wohl so fest wie die Murmeltiere schlafen. Ich habe keine Lust, wegen einer übergelaufenen Windel morgen früh das Bett neu beziehen zu müssen", lautete die lapidare Antwort. Sie leuchtete mir ein, und im Laufe der Nacht erwies sich diese Maßnahme als goldrichtig.

Die restlichen Urlaubstage vergingen wie im Fluge! Der Tagesablauf war immer der gleiche, und ich hatte noch nie soviel Zeit splitternackt verbracht. Zudem erregte mich das herumlaufen im Adamskostüm oder mit Windel und Gummihose in der Öffentlichkeit, auch wenn wir die ganze Zeit über keinen anderen Menschen zu Gesicht bekamen.

Nach dem tüchtigen Povoll zu Urlaubsbeginn war ich bemüht, die ganze Zeit artig zu sein und Tanja keinen Grund zur Klage oder gar zu einer neuen handfesten Bestrafung zu liefern. Das klappte im Grunde genommen ganz gut, jedoch warf sie mir hin und wieder Trödelei vor. Dafür wurde ich zwar nicht übers Knie gelegt, aber ein paar scharfe Klapse hintendrauf oder, wenn ich mein Windelpaket trug, auf die Schenkel gab es dann schon. Ich gewöhnte mich nicht nur schnell daran, sondern genoss es sogar – weniger die Schmerzen, die den Hieben folgten, als vielmehr die wohlige Wärme, die sich danach ausbreitete. Es war ein ebenso schönes Gefühl wie die Wärme, die sich unter meiner Windel ausbreitete.

Leider endete der Urlaub schließlich und es ging wieder heim. Dort fanden wir rasch in unseren Alltagstrott zurück, aber als Erinnerung an den Urlaub bekam ich jetzt öfter Klapse oder wurde bei Bockigkeit oder größeren Vergehen übers Knie gelegt. Im Laufe der Zeit versohlte mich Tanja mit Hand, Kochlöffel und Haarbürste, während der Gürtel nicht zum Einsatz kam. Nun wusste ich also, wie es sich anfühlt, wenn ein Strafinstrument auf meinem Popo tanzte – und es gefiel mir.

7. Ausgebootet

Die Beziehung mit Tanja bestand inzwischen mehrere Jahre. Dass sie Studentin war, hatte ich natürlich mitbekommen, aber nicht, dass sie nun den Studienort wechseln wollte. Das hatte sie mir erst kurz nach unserem Urlaub erzählt. Den Grund für ihr Ansinnen hatte ich nie verstanden, aber es war klar, dass ich nicht mitgehen konnte. Beruflich und privat war ich in der hiesigen Region verwurzelt, und die Hoffnung, in einer anderen Stadt, zudem in einem anderen Bundesland, eine gleichwertige Stelle zu finden, war angesichts der Arbeitsmarktsituation mehr als gewagt.

Schließlich kam das Unvermeidliche, nämlich der Brief mit ihrer Zulassung an einer süddeutschen Universität. Natürlich freute sie sich wahnsinnig, und auch ich freute mich für sie – wenngleich mein Jubel deutlich verhaltener ausfiel als bei ihr. Immerhin war auch Tanja klar, dass unsere Beziehung nun vor einigen Problemen stand.

Kein Problem", tröstete sie mich, „ich werde jedes Wochenende herkommen oder du kommst runter. Und während der Semesterferien werde ich ohnehin hier oben sein, so dass wir uns jeden Tag sehen können."

„Meinst, du, dass das klappen wird?" Meine Zweifel dürften unüberhörbar gewesen sein.

„Na klar, schließlich sind wir füreinander bestimmt, gell, mein süßer Windelfratz?" Ihr Finger strich sanft über das Windelpaket zwischen meinen Beinen.

Na ja, ich weiß nicht so recht."

„Doch, das wird ganz easy, ehrlich! Außerdem werde ich in wenigen Semestern fertig sein, danach geht es auf Jobsuche – wer weiß, wo ich dann landen werde. Sobald das feststeht, kommst du einfach nach. Selbst wenn du nicht gleich Arbeit finden solltest, hätten wir dann ja mein Gehalt. Es geht also nur um das Überbrücken von ein paar Semestern – abzüglich der Semesterferien. Wenn du zudem noch an den Wochenenden kommen würdest, vergeht die Zeit wie im Fluge. Das wird schon, alles wird gut!"

„Na ja", lenkte ich ein, „wenn du das so sagst, hört es sich überhaupt nicht so schlimm an. Also gut, wir können es ja versuchen." In Gedanken fügte ich hinzu: ‚Außerdem habe ich keine andere Wahl, denn du wirst ja doch auf jeden Fall nach Süddeutschland gehen.' Dabei spürte ich einen Anflug von Traurigkeit, denn die letzten Jahre hatte ich sehr genossen. Angesichts der nun trüben Gedanken konnte sich mein Penis nicht an Tanjas Berührung erfreuen und verweigerte eine Reaktion.

Sie lächelte freundlich: „Na, da ist aber jemand ganz schön trotzig, was? Das gehört sich aber nicht!"

Schon stand sie neben mir und hatte mit einem Arm meine Hüfte umfasst. Den anderen Arm benutzte sie, um ihre flache Hand hart auf meine Oberschenkel niedersausen zu lassen.

„Dir werde ich den Trotz schon austreiben, kleiner Windelpupser!", schimpfte sie gespielt.

Ich wippte von einem Bein auf das andere und jammerte immer lauter. Es gab keine Möglichkeit, ihrem festem Griff oder den durchaus strengen Klapsen zu entkommen.

Endlich hörte sie auf. Ich rieb mir kräftig die Schenkel, denn trotz der Jogginghose hatten die Schläge ganz schön weh getan.

Tanja war hingegen schon wieder beste Laune: „Das wird schon, wir kriegen das hin!"

Die Wochen bis zu ihrer Abreise vergingen in Windeseile. Tanja war wegen der Immatrikulation und der Wohnungssuche oft an ihrem zukünftigen Studienort, während ich im Büro meiner Arbeit nachging und nebenbei in meine alte Wohnung zurückzog. Nun erwies es sich als Glücksfall, dass ich sie nie gekündigt und immer pünktlich die Miete bezahlt hatte.

Schließlich war der Tag des Abschieds gekommen. Tanja fuhr mit einem randvoll gepackten Auto in ihr neues Dasein als Studentin in Süddeutschland und bezog eine nette kleine Wohnung, die ihre Eltern großzügig sponserten. Als Kompensation gaben sie die bisherige Wohnung ihrer Tochter auf.

Ich sah dem davonfahrenden Wagen lange nach. Meine Gefühle waren eine Mischung aus Hoffen, Bangen und Trauer.

Die nächsten Wochen waren für uns beide ungewöhnlich: Tanja besuchte ihre Vorlesungen und versuchte, möglichst viele persönliche Kontakte zu Kommilitonen und anderen Leuten herzustellen. Vor allem hatten es ihr die Studentenpartys angetan. Da sie im Vergleich zu den allermeisten Studenten mit ihrer relativ großen Wohnung privilegiert war, fiel ihr die Kontaktanbahnung nicht schwer und sie stand rasch im Mittelpunkt. Bei mir hingegen war es ein Rückfall in die Zeit vor Tanja. Mein Tagesablauf bestand aus Arbeit und privater Leere. Natürlich erinnerte ich mich oft und gerne an die gemeinsame Zeit, aber es war etwas anderes, sie zu erleben oder nur daran zu denken. Selbst das Krabbeln auf dem Boden war ohne Tanjas kritischen Blick ohne Reiz.

Gerade an den Abenden spürte ich das Alleinsein ganz besonders. Deshalb fieberte ich immer den Wochenenden entgegen, weil ich sie dann besuchte und bei ihr wohnte. Die eigentlich geplanten Reisen im Wechsel fielen Tanjas Aktivitäten zum Opfer, denn es gab immer einen Grund, warum sie nicht kommen konnte. Stattdessen bat sie mich immer öfter, sie zu besuchen - irgendwann brauchte sie nicht mehr darum zu bitten, weil ich von vornherein fuhr.

Natürlich spürte ich rasch, dass sich in unserer Beziehung etwas verändert hatte: Während Tanja früher immer die fürsorgliche Mami gespielt hatte, schwärmte sie nun von Vorlesungen, Professoren und Partys, während ich in Erwachsenenkleidung neben ihr saß und vorgab, andächtig zuzuhören. Tatsächlich interessierte mich das Gerede über die Universität und dem ganzen Drumherum nicht besonders, stattdessen sehnte ich mich nach einem Windelwechsel und ihren dabei großzügig verteilten zärtlichen Berührungen meiner Genitalien. Aber das ließ alles spürbar nach, auch wenn sie zumindest zeitweise in ihre Rolle als Mami schlüpfte.

Schon nach den ersten Wochenenden hatte ich das Gefühl, dass wir uns auseinander lebten. Anfangs verdrängte ich diesen Gedanken, aber je mehr Zeit verging, desto mehr wurde mir bewusst, dass unsere Beziehung keine Zukunft mehr haben würde.

Tatsächlich sollte sich diese Befürchtung schon bald erfüllen. Als das Ende ihres ersten Semesters an der neuen Universität nah war, hatte Tanja wegen der anstehenden Prüfungen keine Zeit für mich, was ich voll und ganz verstand. Ich verzichtete nach Absprache mit ihr auf ein paar Wochenendbesuche, damit sie sich in Ruhe auf die Klausuren vorbereiten konnte.

Mit dem Beginn der Semesterferien war ich wieder bei ihr. Ich hatte extra drei Wochen Urlaub genommen, damit wir viel Zeit miteinander verbringen konnten.

Am Nachmittag des zweiten Tages meines Besuches war es dann soweit: „Du musst heute leider schon um sechs Uhr ins Bettchen gehen, weil die Mami noch etwas vorhat", säuselte mir Tanja liebevoll ins Ohr, „und dein Bettchen wird dieses Mal nicht Mamis Bett sein, sondern eine Liege im Arbeitszimmer."

Ich starrte sie überrascht an: „Ich wusste nicht, dass du eine Liege hast."

„Ist auch nur geliehen, aber keine Sorge, die ist echt bequem. Außerdem mache ich dir eine extra dicke Windel zurecht."

„Warum? Was hast du denn vor? Ich dachte, wir machen es uns heute Abend so richtig gemütlich und ziehen unser Rollenspiel durch?"

„Sht", machte sie und legte einen Zeigefinger auf meinen Mund, „Mami bekommt heute Besuch und du wirst schön artig sein, verstanden?" Jetzt drohte sie mir mit dem erhobenen Zeigefinger, und es war nicht erkennbar, ob es im Scherz geschah oder ob es ihr ernst war.

„Aber…"

„Oh, Mann", stöhnte sie betont genervt auf, „ich will mich mit einem Kommilitonen wegen eines Projekts während der Semesterferien treffen und mit ihm ein paar Dinge durchsprechen. Ist das so schlimm?" Ihre Augen funkelten bedrohlich.

„Nein, nein, ist schon okay, ich wollte es ja nur wissen", beeilte ich mich beschwichtigend zu sagen.

„Okay, aber um sechs Uhr liegst du fertig gewindelt auf der Liege im Arbeitszimmer und muckst dich nicht, verstanden?"

„Ja, okay, einverstanden. Wie lange wird es denn dauern?"

„Keine Ahnung, aber wenn du die Nase raus stecken oder meinem Kommilitonen vor die Augen kommen solltest, wird er dein Windelpaket sehen. Das kannst du nicht im Ernst wollen, oder?"

Ich schüttelte den Kopf.

„Gut, dann verhalte dich ganz ruhig. Für deine Notdurft bekommst du eine extra dicke Windel verpasst, versprochen!"

„Aber - wenn er versehentlich ins Zimmer kommt und mich auf der Liege sieht?"

„Keine Sorge, ich schließe die Tür ab und räume den Schlüssel weg."

„Ich kann doch von innen abschließen."

„Nein, denn da das mein Arbeitszimmer ist, muss ich vielleicht mal etwas holen, dann kann ich ja schlecht klopfen."

Das leuchtete mir ein, und so nickte ich zögernd. Zwar widerstrebte mir das ganze Arrangement, aber ich sah keine andere Lösung. Mit ihrer Ankündigung hatte mich Tanja vollständig überrumpelt.

Trotz der kleinen Disharmonie kuschelten wir den ganzen Nachmittag auf dem Sofa, wobei sich Tanja besondere Mühe gab, eine zärtliche Freundin und verständnisvolle Mami zu sein.

Schließlich war es aber soweit, und sie bestand auf der Vorbereitung des Abends. Ich sprang rasch unter die Dusche, danach legte sie mir die versprochene, besonders dicke Windel an. Sie verpackte mich so gut, dass ich nur mit leicht gespreizten Beinen gehen konnte. Schließlich zog sie mir ein mintgrünes Nachthemd mit Schmetterlingsmotiven an und packte mich in ihrem Arbeitszimmer auf die Liege. Rasch gab sie mir einen Kuss auf die Nasenspitze, und schon war sie zur Tür hinaus. Ich hörte das leise Knirschen, mit dem sich der Schlüssel im Schloss drehte, bevor er abgezogen wurde.

Nachdem Tanja das Arbeitszimmer verlassen hatte, ging sie selber unter die Dusche. Mich bettfertig zu machen hatte sie mehr Zeit als geplant gekostet, und so musste sie sich nun beeilen. Zum Glück hatte sie ihre Kleidung schon am Vortag ausgewählt und konnte dadurch einiges aufholen.

Nach der Dusche stieg sie in ein mit üppiger Spitze verziertes Höschen, das durch die Verzierungen hindurch tiefe Einblicke ermöglichte. Auch der dazu passende BH betonte ihre Oberweite sehr vorteilhaft. Die fast durchsichtige Bluse und der unverschämt kurze Minirock vollendeten ihr Erscheinungsbild. Das alles konnte ich zwar nicht sehen, aber ich hatte die Kleidung zuvor bereits in ihrem Schlafzimmer griffbereit liegen gesehen.

Endlich klingelte es an der Tür. Tanjas Herz raste und schlug ihr bis zum Hals, als sie die Tür öffnete.

„Hallo, Süße!"

Ich hörte die von der Tür gedämpfte Stimme, denn natürlich hielt mich nichts auf der Liege. Lauschend stand ich hinter der Tür, bereit, mir kein Wort und keine Silbe entgehen zu lassen. Ich stellte mir vor, wie der fremde Kerl meine Freundin abschätzend und bewundernd zugleich musterte.

„Wow, was für ein scharfes Outfit!"

„Extra für dich, schließlich will ich dir doch etwas bieten", gab sie schelmisch zurück. Dann führte sie den Mann in das mit gedämpftem Licht erfüllte Wohnzimmer. Am liebsten hätte ich die Tür aufgerissen und mich auf den Kerl gestürzt, aber zum einen war die Tür abgeschlossen, zum anderen hätte ich in meinem Nachthemd sicher einen komischen Anblick geboten. Zu allem Überfluss hätte mich das dicke Windelpaket wohl auch im Bewegungsablauf gehindert, so dass ich insgesamt bestimmt nicht Furcht einflössend gewirkt hätte.

Als sich die beiden im Wohnzimmer aufhielten, konnte ich nur gedämpftes Stimmengemurmel und leise Musik vernehmen. Irgendwann hörte ich nur noch Musik.

Nach einer geraumen Weile wurde mir langweilig und ich mochte nicht länger lauschend hinter der Tür stehen. Ein plötzlich aufkommendes Hungergefühl alarmierte aber sofort alle Sinne. Mir wurde siedendheiß bewusst, dass ich während der ganzen Vorbereitungen und in der Eile, zu der mich Tanja immer wieder diskret angetrieben hatte, ganz vergessen hatte, etwas zu essen.

„Scheiße!", fluchte ich halblaut vor mich hin, „jetzt kann ich die halbe Nacht auch noch hungrig verbringen."

Aber das war plötzlich zweitrangig! Auf dem Flur war das unterdrückte Kichern von Tanja zu hören, gefolgt von: „Nicht so stürmisch, mein Tiger, warte noch einen Moment."

Dann fiel die Schlafzimmertür ins Schloss und gleich darauf hörte ich das rhythmische Quietschen der Bettfedern.

„Der fickt meine Freundin!", schoss es mir durch den Kopf. Ich riss schon am Türgriff, um dem Treiben im Schlafzimmer ein Ende zu bereiten, aber die Tür öffnete sich keinen Millimeter.

„Scheiße, ist ja abgeschlossen!", fluchte ich laut.

Sofort verstummte nebenan das Quietschen der Matratze. Verdammt, ich war zu laut gewesen – was, wenn nun jemand kommen und mich der Kerl so sehen würde?

Ich verhielt mich mucksmäuschenstill, und schon wenige Augenblicke später setzte das Quietschen der Bettfedern wieder ein.

‚Das war Absicht, das Biest wollte von Anfang an mit dem anderen Kerl ins Bett und hat mich ausgeschaltet', schoss es mir durch den Kopf, ‚aber warum hat sie mich dann nicht einfach ein paar Tage später herbestellt? Ob sie mich demütigen will?'

Langsam schlug meine anfängliche Niedergeschlagenheit in Wut um.

Das Quietschen der Matratze hatte zwischenzeitlich aufgehört, dafür konnte ich jetzt gedämpfte Stimmen und unterdrücktes Stöhnen vernehmen. Nach einer Weile begann die Matratze erneut ihre verräterischen Geräusche auszusenden. Es bestand kein Zweifel, dass der Kerl nebenan ein ausdauernder Hengst war, der es meiner Freundin gründlich besorgte. Mit ein paar kleineren Unterbrechungen vögelten die beiden bis in die frühen Morgenstunden.

Endlich war der Vormittag gekommen und der Mistkerl gegangen. Es dauerte noch etwas, bis sich der Schlüssel im Türschloss drehte und eine übermüdete und zerzauste, aber vor Glück strahlende Tanja ins Zimmer kam.

„Na, gut gefickt worden?", begrüßte ich sie eisig.

Ehe ich mich versah, hatte ich links und rechts eine Ohrfeige kassiert.

„Nie wieder solche Ausdrücke, hast du mich verstanden?", fauchte mich Tanja an. Die eben noch glücklich wirkende Frau hatte sich innerhalb von Sekundenbruchteilen in eine gereizte Wildkatze verwandelt.

„Was – was soll das? Was ist hier eigentlich los?"

Tanja ließ sich auf ihren Schreibtischstuhl fallen.

„Ach, ich weiß auch nicht. Die Zeit mit dir und mit unserem Rollenspiel war super und ist es eigentlich noch, aber ich will auch richtig hart genagelt werden."

„Das kann ich doch machen, wo ist das Problem?"

„Du bist ein erwachsenes Baby – natürlich könntest du mich durchficken, aber das geht nur als Mann. Also müsstest du dafür deine Rolle verlassen und hinterher wieder in sie zurückfallen."

„Und, wo ist das Problem?"

„Ich kann dich nur als Baby oder als Mann sehen. Entweder bist du mein kleiner Windelpupser oder mein geiler Stecher, aber beides in Personalunion geht nicht."

Aber – das Baby ist doch nur eine Rolle, die ich spiele!"

„Nicht ganz, denn du musst ja eine Windel tragen, weil du immer wieder einnässt."

„Doch nur bei Stress…"

„Eben, und der kommt oft und meistens unerwartet."

Dass ich des Öfteren Stress hatte und dabei in die Windel gepullert habe, wusste ich selber nur zu gut. Tatsächlich bedeutete auch dieses Gespräch Stress, wie ich nur zu gut zwischen meinen Beinen spüren konnte – ich musste aufpassen, dass die Windel nicht überlief.

„Pass auf", begann Tanja, „ich möchte, dass du ebenfalls glücklich bist, wenn ich es bin. Du wünscht dir eine Freundin und ich brauche beides, ein erwachsenes Baby und einen geilen Typen zum Ficken. Kannst du mir folgen?"

Widerstrebend nickte ich: „Worauf willst du hinaus?"

„Ich habe die perfekte Lösung – du bekommst eine Ersatzmutti, bei der ich dich jederzeit besuchen kann!"

„Eine was?"

„Babys können sich ihre Mami nicht aussuchen. Meine Freundin Manuela ist Single und sucht händeringend einen Freund. Ich habe ihr von dir erzählt..."

„WAAAAAS? Du hast was getan?" Ich war sowohl geschockt als auch entsetzt.

„Stell dich nicht so an, wir sind hier hunderte Kilometer von deinem Arbeitsplatz entfernt!"

„Aber.."

„Kein ‚Aber'! Halt den Mund und hör zu!" Jetzt war sie wieder die autoritäre Mami – eine Funktion, die ich sehr an ihr geschätzt habe.

„Du wirst noch heute bei Manuela einziehen. Immer, wenn ich Lust auf das Baby-Spiel habe, werde ich dich besuchen. Manuela hat nichts dagegen, wenn ich dich füttere, dir die Windel wechsle und dich säubere. Sogar abmelken darf ich dich. Ansonsten kümmert sie sich rund um die Uhr um dich. Damit kannst du dein Faible als Baby ausleben und ich kann trotzdem richtigen Sex haben. Nebenbei machen wir noch

Manuela glücklich – ist doch eine super Sache, bei der alle gewinnen!"

Ich wollte ihr gerade sagen, dass ich die Rolle des Babys nur gespielt habe, weil sie es so wollte. Aber dazu kam ich nicht. Offensichtlich hatte Tanja mir angesehen, dass ich Widerworte äußern wollte, weshalb sie rasch in strengem Tonfall fortfuhr: „Ende der Diskussion! Wir fahren jetzt zu Manuela, dann lernst du deine neue Mami kennen."

Als ich protestieren wollte, hob sie eine Hand: „Noch ein Wort, und es setzt was!"

Sie meinte es ernst. Offensichtlich wollte sie mich so schnell wie möglich loswerden, um sich ungestört mit ihrem Stecher amüsieren zu können.

In Gedanken überschlug ich die Situation: Die Beziehung mit Tanja war zu Ende, die von ihr angekündigten Besuche würde es anfangs vielleicht noch geben, aber irgendwann würden sie aufhören. Damit hatte ich die Wahl zwischen einer unerwartet frühen Heimreise und einem Singledasein, oder ich würde mir ihre Freundin ansehen und vielleicht eine neue Fernbeziehung eingehen können. Hinsichtlich der Entfernung würde sich nichts ändern, und ich hatte ja noch genügend Urlaubstage vor mir, um diese Manuela besser kennen lernen zu können. Also gab ich etwas widerstrebend nach.

„Super!", freute sich Tanja, „Lass uns gleich zu ihr fahren."

Gesagt, getan. Rasch packten wir meine Sachen zusammen und fuhren los. Weniger als dreißig Minuten später stand ich erstmals vor Manuela, einer übergewichtigen Frau in meinem Alter. Sie freute sich aufrichtig, uns zu sehen.

„Das ist Gerdchen, dein kleiner Windelpupser", stellte mich Tanja meiner neuen Mami vor.

Manuela bat uns ins Haus und sofort wurden meine Sachen ausgepackt und weggeräumt. Da es nicht viel war, ging das recht schnell.

„Ich habe schon ein paar süße Schlafanzüge für dich gekauft", erklärte mir meine neue Mami, „ich bin sehr gespannt, wie du darin aussehen wirst."

Mir war aufgefallen, dass es kein Gästezimmer gab. Kein Wunder, war doch ihre Wohnung deutlich kleiner als die von Tanja, aber wo sollte ich schlafen?

„Dummerchen!", lachte Manuela, „Du schläfst natürlich bei deiner Mami im Bett, schließlich hat so ein kleiner süßer Fratz wie du doch ganz alleine in einem Zimmer Angst. Außerdem kann ich dann jederzeit den ‚Wasserstand' in deiner Windel kontrollieren."

Das klang zwar irgendwie logisch, aber andererseits auch irgendwie komisch. Allerdings konnte ich mir darüber keine Gedanken machen, weil sich Tanja rasch verabschiedete.

„Ich habe noch ein Date", raunte sie Manuela zu. Diese Information war zwar nicht für meine Ohren bestimmt gewesen, aber ich bekam es trotzdem mit. Ich spürte, dass ich in Zukunft bei Tanja abgemeldet war.

Dafür setzte sich mein Leben, wie ich es von meiner jetzigen Ex-Freundin kannte, nahtlos bei Manuela fort: Verbot der Toilettenbenutzung, stattdessen Nutzung von Töpfchen und Windeln sowie das Krabbeln auf allen Vieren statt normalem Gehen. Es kamen jedoch auch ein paar Sachen hinzu: Manuela war geradezu davon besessen, mir ständig eine Brust zu reichen, an der ich lange, teilweise bis zu einer Stunde, saugen musste. Zudem wollte sie ständig Küsschen auf ihre Wangen bekommen und bestand darauf, mich bei den Mahlzeiten zu füttern. Alles in allem spielte sie die Rolle der Mami um ein Vielfaches intensiver als es Tanja getan hatte. Hinzu kam, dass ich von Manuela öfter versohlt wurde – schon bei für meinen Geschmack Kleinigkeiten klatschte sie mich mit der Hand aus oder holte gar einen Kochlöffel.

Die ganze Situation kam mir ziemlich schnell geradezu surreal vor. Vielleicht trauerte ich aber auch insgeheim Tanja nach und verglich sie automatisch mit Manuela – wobei ich mit Sicherheit nicht objektiv war.

Als mein Urlaub schließlich endete, fuhr ich wieder nach Hause. Lange überlegte ich, ob die Beziehung mit Manuela eine Zukunft haben konnte. Immer wieder wog ich das Für und Wider gegeneinander ab, aber das Ergebnis war immer das Gleiche: Ja, ich war ein Windelträger; ja, ich habe das Rollenspiel mit mir als Baby und Tanja als Mami genossen. Manuela lebte ihre Rolle noch wesentlich intensiver als Tanja aus, und das war mir letztlich zuviel. Bei genauerem Hinsehen hatte ich mich in manchen Situationen auch bei Tanja unwohl gefühlt, ohne mir dessen wirklich bewusst zu sein. Wahrscheinlich hatte die unbändige Freude, tatsächlich eine Freundin gefunden zu haben, vieles überlagert und mich ertragen und mitmachen lassen. Aber nun war der Reiz der ersten Freundin verflogen, zumal mich diese auf eine für mich höchst unschöne Art und Weise abserviert hatte. Natürlich hätte ich gerne wieder eine neue Freundin gehabt, aber nicht um jeden Preis.

Noch am gleichen Abend rief ich Manuela an, um ihr meine Position zu erklären. Ich schlug ihr sogar vor, dass wir im Falle einer Reduzierung ihrer Bemühungen die Beziehung probeweise fortsetzen könnten.

„Babys haben nicht zu bestimmen, wie sich eine Mami zu verhalten hat!", belehrte sie mich. Sie bestand für den Fall einer Fortsetzung auf ihren Regeln, aber dazu war ich nicht bereit. Nach einigem Hin und Her erklärten wir beide die Beziehung für beendet. Sie hatte nicht lange gehalten, mir aber immerhin eine neue Erfahrung beschert.

Natürlich meldete sich auch Tanja bei mir. Manuela hatte ihr alles erzählt, und Tanja beschimpfte mich heftig, wobei ‚Undankbares Balg' noch einer der mildesten Ausdrücke war. Nach ein paar Minuten beendete ich ihren Wutausbruch, indem ich wortlos den Hörer auflegte. Weder Tanja noch Manuela haben sich jemals wieder gemeldet.

8. Wieder Single

Nun war ich also wieder Single. Immerhin hatte ich das Glück gehabt, die Liebe kennen lernen zu dürfen. Beim Anlegen meiner allerersten Windel hatte ich nicht zu hoffen gewagt, jemals eine Freundin zu finden, und nun lagen sogar zwei Beziehungen hinter mir. Was mich noch mehr überraschte war der Umstand, dass ich eine davon selber beendet hatte. Ein komisches Gefühl, das abzulehnen, was man sich im Grunde so sehnlich gewünscht hatte! Aber es war sicher besser so.

Hatten mir die Windeln vor einiger Zeit Selbstvertrauen eingeflösst, verlieh die Beziehung zu Tanja und letztlich auch die zu Manuela meinem Selbstbewusstsein einen gewaltigen Schub. Das Eintauchen in eine Mann-Frau-Beziehung und das Ausleben der eigenen Sexualität im Rahmen eines Rollenspiels waren Erfahrungen, die ich auf keinen Fall missen wollte. Ganz im Gegenteil: Schon nach wenigen Tagen sehnte ich mich danach, wieder in die Rolle eines Babys zu schlüpfen und von einer strengen Mami gegängelt zu werden. Aber was sollte ich tun? Eine neue Freundin war nicht in Sicht.

Nach einiger Zeit des Grübelns kam mir ein Gedanke: Wenn sowohl Tanja als auch Manuela das Ganze zu einem großen Rollenspiel gemacht hatten, konnte es ja sein, dass noch viel mehr Menschen das Notwendige mit dem Angenehmen verbinden würden. Es galt nun herauszubekommen, ob meine Vermutung zutraf.

Ich begann mit meinen Recherchen dort, wo ich mich ohne Windel nie hingetraut hätte: in einem Sexshop. Schon beim Betreten fühlte ich mich wie in einer anderen Welt. Ich schaute mir das Sortiment an Zeitschriften und Büchern sorgfältig an. Dabei entdeckte ich neben Magazinen zu Oral- und Analsex auch zwei Hefte zum ‚Adult-Baby-Fetisch'! Mein Herz hüpfte vor Freude, während sich meine Blase in der Windel entleerte. Mit wild klopfendem Herzen kaufte ich die beiden Hefte. Sie waren nicht gerade günstig, aber es war ja auch ein besonderes Faible.

Zu Hause wechselte ich nur schnell die Windel – das war dringend nötig - dann machte ich mich an die Lektüre. Ich las Geschichten über erwachsene Menschen, die als Baby lebten – ganz genau, wie ich es bei Tanja und Manuela getan hatte. Bei genauerem Hinsehen erkannte ich jedoch Unterschiede, denn in den Heften hatten die erwachsenen Babys Spielzeug und Möbel, die auf ihre tatsächliche Körpergröße und sicher auch ihrem entsprechenden Gewicht zugeschnitten waren. Dafür war die Kleidung genauso bunt wie die, die mir Tanja besorgt hatte. Mir fiel ein, dass ich sie nie gefragt hatte, woher sie die Sachen hatte. Ein Fehler, der sich jetzt aber nicht mehr korrigieren ließ.

Im hinteren Teil der beiden Hefte waren sowohl Kleinanzeigen von Erwachsenen, die als Baby leben wollten und eine Mami oder einen Papi suchten, als auch Werbeanzeigen von kommerziellen Anbietern von solchen Rollenspielen. Mir war bis dahin nicht bewusst gewesen, dass es dafür spezielle Studios gab. Nun wurde mir klar, warum ich bei meinen früheren Suchen von den Prostituierten abgelehnt worden war – sie wollten offensichtlich nicht den professionellen Mamis in die Quere kommen.

In den nächsten Monaten suchte ich regelmäßig Sexshops auf. Außer den beiden Magazinen fand ich jedoch keine weitere Lektüre zum Windel-Fetisch und dem dazugehörigen Rollenspiel, aber diese zwei Hefte kaufte ich regelmäßig. Neben den Geschichten interessierten mich besonders die Werbeanzeigen der Studios. Damals hatte ich noch kein privates Internet, so dass ich nicht ,einfach so' Informationen sammeln konnte, was die Sache natürlich ungemein erschwerte.

Schließlich traute ich mich und rief bei einem dieser Studios an. Die Gesprächspartnerin war sehr nett und behandelte mich wie einen Erwachsenen. Nachdem ich ihr mein Problem geschildert hatte, meinte sie nur: „Kein Problem, damit können wir hier bestens umgehen. Besuch uns doch einfach mal!"

Wir sprachen noch kurz über die Preise und die Wegbeschreibung, dann willigte ich ein und buchte gleich am Telefon eine Sitzung. Die war zwar alles andere als günstig, aber ich wollte wieder das Rollenspiel leben, das ich dank Tanja kennen und schätzen gelernt hatte.

So kam es also, dass ich eines Tages ins Rheinland fuhr. Dort gab es für meinen Wunsch die meisten Anbieter, wie ich aus den Anzeigen schloss. Nun hatte ich dort also eine Sitzung gebucht.

Gleich nach meiner Ankunft bezog ich ein Hotelzimmer. Dort hatte ich bereits bei der Buchung von meinem Problem berichtet – etwas, dass ich mir noch wenige Monate zuvor nie im Leben getraut hätte. Sowohl bei der Buchung als auch beim Einchecken bemerkte ich keine Spur von Mitleid oder gar Belustigung. Mein Eindruck verstärkte sich, dass Windelträger in Hotels keine Seltenheit waren.

Im Studio wurde ich von einer Frau von vielleicht Anfang Fünfzig begrüßt. Sie trug über einem schwarzen Latexkittel eine weiße Schürze. Sie war so gekleidet, wie ich sie von den Werbeanzeigen her kannte. Im Rahmen des Vorgesprächs erklärte ich meinen Wunsch, einfach wie ein Baby behandelt zu werden.

„Gibt es für dich Tabus oder lehnst du manche Dinge ab?"

Ich überlege kurz, bevor ich antwortete: „Nein, eigentlich nicht. Außer natürlich bleibenden Schäden, Fotos und solchen Sachen."

„Diskretion ist hier oberstes Gebot, anderenfalls wären wir sehr schnell ohne Kundschaft und damit pleite", beruhigte mich die Frau, die sich als ‚Tante Barbara' vorgestellt hatte. Dann fragte sie nach: „Was ist mit Tabus?"

„Nein, da habe ich keine. Allerdings habe ich bislang nur ein paar private Erfahrungen sammeln können."

„Hat dich deine Frau oder Freundin wegen des Babyspiels verlassen?"

„Ja, irgendwie schon", räumte ich ein, „sie wollte immer wieder auf ‚normale' Weise gebumst werden, und beide Rollen konnte sie sich bei mir nicht vorstellen."

„Mach dir nichts draus, das ist das ganz normale Schicksal von erwachsenen Babys: Erst spielen die Frauen mit, dann wollen sie plötzlich nur noch ‚richtige' Männer haben und werfen sich dem erstbesten Macho an den Hals. Solche Geschichten kennen wir hier zur Genüge." Dann wurde sie in Sachen Tabus konkreter: „Magst du auch Hiebe oder andere Strafen? Würdest du auch im Beisein anderer Babys und Erwachsener spielen?"

Ich überlegte kurz, stimmte dann aber allem zu. Was auch immer kommen würde, es wäre eine Steigerung zum Spiel mit Tanja und Manuela und genau diese Steigerung übte auf mich eine unglaubliche Faszination aus.

Nachdem der Rahmen meines Spiels festgelegt war, erledigten wir das Finanzielle. Dabei bekam ich wegen meines ersten Besuchs in dem Studio einen Rabatt eingeräumt. Viel günstiger wurde es dadurch nicht, aber immerhin bewegte sich alles in dem telefonisch angedeuteten Rahmen.

Barbara führte mich zu einem Umkleideraum, in dem ich mich ausziehen und meine Sachen in einem kleinen Spind einschließen konnte. Danach musste ich duschen.

Als ich aus der Dusche kam, wurde ich bereits von einer anderen ‚Tante' erwartet. Sie stellte sich als ‚Tante Moni' vor und packte mich gleich am Ohr. Wie einen kleinen Jungen zog sie mich hinter sich her in einen angrenzenden Raum. Dort stand eine überdimensionale Wickelkommode, wo sie mich fachgerecht puderte und wickeln wollte. Weil ich vor lauter Aufregung mein Wasser nicht halten konnte, schoss ein gelber Strahl geradewegs auf den Kittel von Tante Moni. Die wich nicht etwa entsetzt zurück, sondern schimpfte gleich los: „Du Sau, das hast du mit Absicht gemacht!"

Ich wollte eine Entschuldigung stammeln, aber sofort unterbrach mich Moni: „Du kannst nicht sprechen, du bist dafür viel zu klein." Im nächsten Augenblick hatte ich einen Schnuller im Mund – er war für Erwachsene gemacht und nun konnte ich nur noch fast unverständliche Laute ausstoßen. Ich begriff, dass das Schimpfen Teil des Spiels war.

„Glaub bloß nicht, dass du damit durchkommst! Für deine Sauerei setzt es jetzt was!"

Im nächsten Augenblick hatte sie mich von der Wickelkommode gezogen und über ihre Knie gelegt. Gleich darauf klatschte ihre Hand hart auf meinen nackten Popo.

„Ferkel wie du kriegen ordentlich was hintendrauf!", erklärte sie mir. Ihre Handschrift war großartig, und mein Gesäß wurde hübsch rot geklatscht. Aber diese Behandlung dauerte nicht lange, denn plötzlich griff sie nach einer Haarbürste: „Du kennst dieses schöne Strafinstrument ja bereits, also weißt du, wie tüchtig das zieht. Dir werde ich das unkontrollierte Pissen schon austreiben!"

Die nächsten Minuten bezog ich die Tracht Prügel meines Lebens. Tante Moni machte ganze Arbeit!

Natürlich entlud sich meine Blase während der Züchtigung immer wieder mit einem kräftigen Strahl – unglaublich, wo das alles herkam! Aber die Kleidung von Moni wie auch von allen anderen ‚Tanten' war wasserdicht und mein Urin perlte daran ab. Barbara hatte mich schon beim Vorgespräch darauf hingewiesen, dass ich hemmungslos überall pullern könnte, nur für das ‚große Geschäft' gelte das nicht.

Endlich war ich ausreichend versohlt. Sofort wurde ich gewaschen und danach gewindelt. Die Hitze der Hiebe paarte sich nun mit der wohligen Wärme der Windel, was mir einen doppelten Genuss bescherte. Allerdings bekam ich auch noch eine gelbe Gummihose sowie einen Strampelanzug in meiner Größe angezogen. Meine Hände steckte Moni in Fäustlinge, die sie am Handgelenk zuband.

„Auf diese Weise kannst du nicht richtig greifen, aber das können Babys auch nicht. Da du jetzt ein Baby bist, darfst du ja durch dein tatsächliches Alter keinen Vorteil haben – das wäre schließlich ein Stilbruch", erklärte sie mir lächelnd. Dann fügte sie hinzu: „Du machst ab jetzt alles in die Windel. Wir haben hier zwar Topfzeiten, aber die letzte hast du knapp verpasst. Also benutz die Windel – wir kontrollieren immer mal wieder und wechseln sie, wenn wir es für erforderlich halten. Also komm nicht an, wenn sie nass oder voll ist, weil dir das nichts nutzen wird. Im Gegenteil, das Betteln um eine frische Windel verärgert nur uns Tanten, und dann gibt es tüchtig was hintendrauf!"

Dann musste ich auf alle Viere gehen und hinter ihr herkrabbeln. Auf diese Weise führte sie mich in einen großen Raum, in dem sich eine weitere ‚Tante' sowie drei erwachsene Babys befanden, darunter sogar eine Frau. Moni stellte mir die Erwachsene als ‚Tante Sonja' vor, während sie die anderen nur als ‚kleine Racker' bezeichnete.

„Junge oder Mädchen?", fragte Sonja und zeigte auf mich.

„Junge", kam die Antwort.

„Bist du sicher, dass er kein Mädchen ist? Hat er denn ein Zipfelchen?"

„Ja, hat er", nickte Moni grinsend, „Ich habe es gesehen, als ich ihn gewickelt habe."

„Hat er das brav geduldet?"

„Nein, er hat mich angepinkelt, aber dafür habe ich ihn tüchtig verhauen."

„Aha, also ein renitentes Bürschlein, was?"

„Nein, das glaube ich nicht, eher ein unbeherrschtes Bübchen, dass seine Blase nicht unter Kontrolle hat."

Tante Sonja zuckte mit den Schultern: „Na dann, ab zu den anderen! Da drüben sind Alfred und Hermann, und die kleine Göre dahinten ist Birgit. Und das hier", dabei wendete sie sich an die drei anderen erwachsenen Babys, „das hier ist Gerdchen. Spielt schön zusammen und seid lieb!"

Ich krabbelte zu den anderen erwachsenen Babys hinüber. Meine Windel hing schon wieder durch, denn die ganze Aufregung hatte mich wieder pullern lassen. Angesichts der Anweisung hielt ich mich nicht zurück und schämte mich erstaunlicherweise auch nicht.

Die beiden ,Jungen' spielte mit Bauklötzen, während sich das ,Mädchen' mit einer Puppe beschäftigte. Während wir Männer Strampelanzüge trugen, hatte die Frau einen kurzen Rock an, der in etwa die Länge eines Tennisrocks hatte. Durch das dicke Windelpaket stand der Saum etwas ab, und bei so ziemlich jeder Bewegung konnte man unter ihren Rock sehen und Gummihose und Windel erkennen. Für mich ein faszinierender Anblick!

Obwohl mich dieses ,Mädchen' faszinierte, wendete ich mich den beiden ,Jungen' zu. Die blockten mich aber immer wieder geschickt ab und es war klar, dass sie mich nicht dabei haben wollten. Da Tante Moni und Tante Sonja schon so komisch zu uns herübersahen, gab ich meine Bemühungen um Anschluss auf und bewegte mich zu dem ,Mädchen'. In Wahrheit handelte es sich um eine Frau von Anfang Vierzig, während die beiden ,Jungen' schon deutlich das Rentenalter erreicht hatten.

Tatsächlich ließ sie mich mitspielen. Nun lag mir das Spiel mit Puppen nicht, aber immerhin hatte ich so Kontakt zu einem anderen erwachsenen Baby, das wie ich hier Kunde war. Vielleicht würde sich ja ein privater Kontakt ergeben? Andererseits verhinderten die Fäustlinge, dass ich richtig zugreifen konnte, vor allem beim Greifen von Kleinigkeiten wie Puppenkleidern brauchte ich stets mehrere langwierige Anläufe, bis alles da saß, wo es sein sollte. Birgit hatte diese Probleme zwar auch, aber irgendwie kam sie damit viel besser zurecht als ich.

„Gibt es einen Trick?", nuschelte ich am Schnuller vorbei.

„Nein, nur Übung, bin oft hier", lautete die ebenso schwer verständliche Antwort.

Die beiden Tanten bemerkten das intensive Spiel von Birgit und mir mit den Puppen. Sie tuschelten miteinander und ich konnte aus den wenigen aufgeschnappten Wortfetzen hören, dass sie mich für ein verkapptes Mädchen hielten. ‚Was für ein Blödsinn', dachte ich bei mir, ‚ich habe einen Penis, stehe auf Frauen und bin daher trotz der Windel ein Mann.'

Wir wurden beim Spielen weitgehend uns selber überlassen, aber hin und wieder näherte sich eine Tante und schaute uns zu. Dabei fasste sie uns auch immer mal wieder zwischen die Beine, um die verbliebene Aufnahmekapazität der Windel zu prüfen. Da meine in den Augen von Tante Sonja wohl nicht mehr sehr viel Platz bot, wurde ich von ihr aufgefordert, ihr zu folgen.

„Och nöööö", maulte ich, „ wir spielen doch gerade so schön" – zumindest wollte ich das sagen, aber durch den Schnuller wurde das natürlich verzerrt.

Dennoch hatte mich Tante Sonja sehr wohl verstanden: „Du Balg machst hier nicht die Regeln", maßregelte sie mich. Gleich darauf packte sie mich am Ohr und zog mich hoch.

„Du bekommst jetzt die Windel gewechselt und danach für dein freches Benehmen den Po voll gehauen!"

Im gleichen Augenblick verstärkte sie das Ziehen an meinem Ohr. Unter den belustigten Blicken von Birgit und den eher schadenfrohen Blicken von Alfred und Hermann zog mich Sonja zu einer riesigen Wickelkommode am anderen Ende des Raumes. Sie war mir bisher nicht aufgefallen, weil ich mich zu sehr auf die Menschen im Raum und ihre jeweilige Rolle konzentriert hatte.

Tante Sonja zog mir mit geübten Griffen den Strampelanzug aus und achtete dabei peinlich genau darauf, dass die Fäustlinge nicht abfielen. Dann folgte rasch die Gummihose. Beim Öffnen der Windel verzog sie demonstrativ das Gesicht: „Puh, da hast du aber viel gepullert – und wie das erst riecht! Du trinkst zu wenig, das müssen wir ändern." An ihre Kollegin gewandt rief sie: „Moni, das Gerdchen muss jede halbe Stunde einen großen Becher Wasser trinken, damit sein Urin schön hell wird." An meine Adresse gerichtet ergänzte sie: „Wenn der Urin gelb ist, ist das nicht gut – einmal am Tag muss er ganz hell sein, fast so klar wie Wasser."

Ich nickte ergeben. Ganz offensichtlich war etwas dran an diesem Ratschlag, denn sie gab ihn mir mit ernstem Gesicht.

Danach wischte Tante Sonja meinen Pimmelmann sehr gründlich ab. Auf Grund dieser intimen Berührung durch eine fremde Frauenhand wuchs mein Ding rasch an und pochte dazu ganz furchtbar.

„Nun sieh dir das Ferkel an", rief sie ihrer Kollegin zu, „ich habe gerade erst seinen Pullermann angefasst, da will er auch schon abspritzen!" An mich gewandt schimpfte sie spielerisch:

„Ich will dich saubermachen, damit du nicht stinkst, und du hast nur verdorbene Gedanken! So ein böses Kind!"

„Nein", protestierte ich trotz Schnuller laut, „Ich habe keine schmutzigen Gedanken."

„So", höhnte Tante Sonja, „du hast also keine schmutzigen Gedanken? Und was ist das?" Bei diesen Worten schlug sie mehrmals sanft gegen mein erigiertes Pimmelmännchen, das auf Grund dieser Behandlung noch heftiger zu Pochen begann.

„Nicht nur unsittliche Gedanken hast du, sondern du tust auch noch lügen! Na warte, für dich verloddertes Balg habe ich genau die richtige Methode!"

Sie reinigte mir gründlich Hoden und Penis, aber sie war so geschickt, dass ich dabei zwar extrem scharf wurde, jedoch nicht abspritzen konnte.

Als sie mit meinen Genitalien fertig war, musste ich mich breitbeinig vor die Wickelkommode stellen.

„Bücken!", kommandierte sie. Ihr Ton ließ keinen Widerspruch zu, also gehorchte ich.

„Braves Baby!"

Dann begann sie mit einem Lappen meine Pobacken und schließlich die Poritze gründlich zu säubern. Mein Glied war zu seiner vollen Größe aufgerichtet und wippte im Takt ihrer Bewegungen herum. Natürlich hatte ich große Sorge, wieder Urin abzusondern, aber erstaunlicherweise kam nichts.

„Steife Schwänze pinkeln nicht", flüsterte mir Sonja leise ins Ohr.

Das Gefühl, als sie mir öfter als erforderlich die Pospalte reinigte, war für mich in dieser Intensität neu. Die Lust vernebelte mir die Sinne und ich wollte mich einfach nur noch erleichtern und meinen Samen verspritzen! Also zappelte ich immer ungeduldiger herum, denn sie würde mich abmelken müssen, so erigiert würde sie mein Ding in keine Windel bekommen.

„Steh still!" Um ihren Worten Nachdruck zu verleihen, haute sie mir mit der Hand kräftig auf den Popo. Ein Wehlaut war die Reaktion.   „Stell dich nicht so an!", schimpfte Sonja und säuberte weiter ungerührt meine Pospalte

Doch ich konnte wegen der Hitze an meinem Geschlecht einfach nicht stillstehen.

„Halt endlich still!", schnauzte sie mich erneut an. Als mich die Lust jedoch weiter zappeln ließ, stellte sich Tante Sonja seitlich von mir auf und haute gleich mehrmals kurz hintereinander zu. Die Hiebe saßen und taten verdammt weh! Sie hatte ordentlich Kraft und setzte diese wohldosiert ein.

„Bitte, ich - ich bin doch schon sauber", protestierte ich trotz des Schnullers

„Sauber?", höhnte sie, „Das entscheide ich! Du bist viel zu klein, um das beurteilen zu können!"

Sie hielt aber dennoch inne und drehte mich zu sich herum. Ihr finsterer Blick ließ nichts Gutes ahnen.

„Du zappelst hier wie ein kleiner Wildfang herum und hast dann auch noch Widerworte?", grollte sie und verabreichte mir links und rechts jeweils eine schallende Ohrfeige. „Du bist unanständig geil und lügst mich dazu auch noch an?" Zwei weitere Ohrfeigen folgten. „Bei deinem ersten Aufenthalt in diesem schönen Heim für erwachsene Babys? Noch grün hinter den Ohren, aber schon den starken Maxe markieren, was? Willst du Klein-Birgit imponieren? Na, dann zeig mal, wie hart du bist, du Windelscheißer! Meine Geduld ist jetzt nämlich mit deinen Ungezogenheiten am Ende!"

Ich hatte keine Ahnung, was mich jetzt erwarten würde. Obwohl mir diese Ungewissheit ein mulmiges Gefühl im Magen bescherte, ließ ich zu, dass sie mich zu einem Stuhl unweit der Wickelkommode zog. Gleich darauf saß sie auch schon darauf und hatte mich blitzschnell über ihre Knie gezogen. Während ihre Beine die meinigen festklemmten, drückte sie mit einer Hand meinen Oberkörper nach unten.

„Jetzt werde ich dir Rotznase erstmal Benehmen beibringen!", erklärte sie mit ruhiger Stimme. Gerade diese Ruhe machte mir jedoch Angst, so dass ich ihre hübsche Latexschürze mit einem Strahl Pipi beschmutzte. Sie tat, als habe sie das nicht bemerkt: „Wer so ungezogen ist wie du, bekommt ganz tüchtig den Popo voll gehauen!"

Dass das keine leeren Worte waren, bekam ich gleich darauf zu spüren. Tante Sonja hatte sich irgendwo ein Holzpaddle gegriffen und begann nun, mich damit tüchtig zu verdreschen! Die anderen drei im Raum befindlichen Adult Babys schauten neugierig zu. Mir half kein Wehklagen, Jammern oder Heulen, sie versohlte mich mit kräftigen Schlägen und das sehr lange und ausgiebig. Das Paddle zog schlimmer als alles, was ich bisher kennen gelernt hatte! Natürlich wollte ich aufspringen, aber Tante Sonja hielt mich mit eisernem Griff fest in meiner Position. Unbeirrt von meinem Gestrampel und Geheule erlebte ich nun einen neuen zweifelhaften ‚Rekord' im Einstecken von Hieben.

Endlich hatte ich in den Augen von Tante Sonja genug gebüßt – dachte ich zumindest, als die Schläge aufhörten. Sie schubste mich von ihren Knien herunter, packte mich wieder am Ohr und unter dem johlenden Gelächter von Alfred, Hermann und auch Birgit wurde ich zurück zur Wickelkommode gezogen. Dort bekam ich eine extra dicke Windel angelegt. Statt meiner gelben Gummihose bekam ich nun jedoch eine Spreizhose angezogen, so dass ich mich nur noch breitbeinig bewegen konnte. Mehr Kleidung gab es für mich nicht, abgesehen von den immer noch an meinen Händen befestigten Fäustlingen und dem Schnuller in meinem Mund.

„Los, Gehübung!", befahl Tante Sonja.

Das war von ihr leichter befohlen als von mir ausgeführt, denn ich musste mich erst an die ungewohnte Haltung gewöhnen. Am Anfang fiel ich denn auch mehrmals einfach hin, was das schadenfrohe Gelächter der anderen Babys erneut anschwellen ließ. Aber dann hatte ich den Bogen raus und tapste durch den Raum.

„Wie ein kleiner, tollpatschiger Bär", lachte Tante Moni.

„Ja, und aufgeregt ist er noch dazu." Ein prüfender Griff von Tante Sonja zwischen meine Beine bestätigte ihre Vermutung: „Das Ferkel nässt doch tatsächlich schon wieder ein!"

Nachdem ich in Sonjas Augen genug herumgestakst war, schickte sie mich wieder zu Birgit: „Na los, geh wieder zu deiner kleinen Freundin. Spielt zusammen mit den Puppen, aber bekommt euch nicht in die Haare, sonst setzt es was für beide!"

Tatsächlich spielten Birgit und ich einträchtig miteinander und gerieten in keinen Streit. Die beiden Tanten standen entweder am Rande des Raumes und beobachteten uns, oder sie gingen zwischen uns hin und her. Dabei fassten sie jedem von uns prüfend zwischen die Beine, und immer wieder wurde jemand zur Wickelkommode gezogen, vollständig entblößt, gesäubert und frisch gewickelt. Bei Alfred und Hermann war mir das egal, aber bei Birgit schaute ich ganz genau hin und wollte jedes Detail sehen.

Während ich noch angestrengt zusah, wie Birgits glatt rasierter Schlitz von Tante Moni gewaschen wurde, vernahm ich eine flüsternde Stimme an meinem Ohr: „Sieht geil aus, die Kleine, nicht wahr? Ein schöner Anblick, wenn eine Frauenmöse von einer Frauenhand gewaschen wird. Macht dich das geil?"

Bevor ich antworte konnte, streichelte mich Tante Sonja zwischen den Beinen.

„Oh ja, das macht dich geil", schmunzelte sie, „da muss ich dir wohl zu etwas Entspannung verhelfen."

Die nächsten Minuten streichelte sie mich immer heftiger, bis ich mich schließlich nicht länger beherrschen konnte und mein Sperma in die Windel abfeuerte.

„Braves Bübchen, hier darfst du ungeniert abspritzen. Wenn du magst, kannst du es dir auch alleine besorgen."

Mit diesen Worten erhob sie sich und ging zu Alfred hinüber. Soweit ich das sehen konnte, bekam er die gleiche Behandlung. Ich achtete allerdings nicht weiter auf ihn, sondern schaute zu, wie Birgit frisch gewickelt wurde. Gleich darauf gesellte sie sich wieder zu mir.

„Das – das sah hübsch aus, das Ding zwischen deinen Beinen", wagte ich schüchtern zu brabbeln.

„Willst du mal anfassen?"

Ich war baff, aber natürlich wollte ich!

„Nur wenn ich dich auch anfassen darf!"

Daran sollte es nicht scheitern, und im nächsten Augenblick befand sich meine Hand unter ihrem kurzen Röckchen und streichelte durch die Windel hindurch ihre Muschi.

Plötzlich fühlte ich ihre Hand in meinem Schritt: „Los, wer zuerst dem anderen einen Orgasmus verschafft, hat gewonnen. Der Verlierer muss Alfred oder Hermann befummeln."

Da ich gerade erst von Sonja zum Samenerguss gebracht worden war, war ich sehr siegesgewiss und ließ mich auf das Spiel ein. Wir rubbelten um die Wette, während die beiden Tanten uns lächelnd ignorierten.

Aus mir damals unbekannter Ursache bekam ich vor Birgit einen Orgasmus. Das war eigentlich unmöglich, so ausgelaugt wie ich war! Erst viel später begriff ich, dass sie ihren Höhepunkt geschickt überspielt hatte, um mich in die peinliche Situation zu bringen, an einem der beiden anderen männlichen Babys herumspielen zu müssen.

In dem Momente dachte ich aber noch, dass Birgit fair gewonnen hatte, weil ihre Handarbeit einfach zu gut war. Da ich mitbekommen hatte, wie Alfred von Sonja befingert worden war, krabbelte ich zu Hermann hinüber. Das war mit der vermaledeiten Spreizhose gar nicht so einfach, aber ich schaffte es.

„Hast verloren, was?" nuschelte er missmutig an seinem Schnuller vorbei.

Ich nickte bejahend.

„Das Luder gewinnt immer. Na los, dann kraul mich eben."

„Darf ich wirklich?"

„Mach hinne, sonst versohlen sie uns beiden die Hintern mit einem Rohrstock. Dann feixt sich dieses Luder von Birgit wieder was."

Diese Aussage überraschte mich. Da ich mit Männern noch keine sexuellen Erfahrungen hatte, streichelte ich ihn etwas zaghaft. Obwohl er noch nicht fertig sein konnte, stöhnte er plötzlich kurz auf und meinte dann lapidar: „Bin fertig. Hör auf!"

Sofort stoppte ich das Streicheln und krabbelte eilig von ihm weg.

Plötzlich fühlte ich mich sehr müde, geradezu hundemüde. Eher lustlos baute ich noch ein paar Türmchen, während meine Windel schon wieder am Überlaufen war. Immer wieder schielte ich verstohlen zu Birgit hinüber, aber nach meiner

Handarbeit bei Hermann ignorierte sie mich. Es schien, als ob sie in ihrem Spiel voll und ganz aufging.

Die Spielgruppe blieb noch einige Zeit beisammen, aber schließlich war die gebuchte Zeit bei uns nacheinander abgelaufen. Kurz vor dem Ende führte mich Moni zu einem Duschraum. Dort entfernte sie mir Gummihöschen und Windel, danach musste ich ausgiebig duschen. Zwar ohne Hilfe der Tante, die aber an der Seite stand und sehr genau aufpasste, dass ich mich auch ja gründlich wusch. Danach hieß es abtrocknen, bevor ich wieder von Moni gewickelt wurde. Mit frischer Windel am Leib führte sie mich in den Umkleideraum, wo ich mich vor ihren Augen anziehen musste.

Als ich wieder straßentauglich angezogen war, begleitete sie mich zur Tür. Bevor sie diese öffnete, fragte sie: „Und, wie hat es dir gefallen?"

„Es war...", ich überlegte kurz. Wie hatte ich den Aufenthalt empfunden? Endlich hatte ich eine ehrliche Antwort: „Es war...ungewohnt, aber ebenso herrlich! Einfach toll."

„Die Hiebe haben dir also auch gefallen?"

„Na ja", druckste ich etwas herum, „die Schmerzen beim Beziehen der Wucht waren nicht so toll, aber hinterher die Hitze auf dem Popo hat alles ausgeglichen! Deshalb: Ja, auch der Povoll war super!"

„Dann komm recht bald wieder! Es gibt nämlich noch viel mehr Varianten, mit denen wir hier spielen können. Wirst du wiederkommen?"

„Ja, ganz bestimmt!"

Lächelnd gab sie mir die Hand. Dann verließ ich um einige Erfahrungen reicher das Studio. Hatte ich bislang nur in Fetischmagazinen von ‚Erwachsenen Babys' gelesen, so hatte ich nun einige kennen gelernt und mich an einer Sitzung beteiligt. War ich auf dem besten Wege, selber eines zu werden? Andererseits konnte nichts die traute Zweisamkeit mit einer eigenen Freundin ersetzen, denn natürlich war alles in dem Studio schöner Schein. Vielleicht würde ich aber tatsächlich wiederkommen – allerdings würde das dauern, denn das Honorar der Damen war ganz schön üppig. Es war jeden Cent wert, keine Frage, aber ich musste das Geld eben auch zusammensparen. Die Zukunft würde zeigen, ob ich wieder hierher zurückkommen würde.

Für heute hatte ich aber genug erlebt. Ich machte mich auf den Weg ins Hotel und musste dort als erstes die Windel wechseln. Sonja und Moni hatten mir tatsächlich alle halbe Stunde ein großes Glas Wasser zu trinken gegeben, und das rauschte jetzt, begünstigt von meinen aufwühlenden Erlebnissen, durch meinen Körper. Immerhin war ich erstmals vor fremden Menschen als Baby aufgetreten, vor fremden Augen mehr als einmal tüchtig übers Knie gelegt worden und hatte einen anderen Mann unsittlich berührt. Von diesen Erlebnissen zehrte ich noch Wochen später.

9. Die Schöne und der Windelträger

So ging erneut einige Zeit ins Land. Mein Privatleben war immer noch sehr überschaubar, aber gelegentlich gönnte ich mir den Luxus eines Studiobesuchs. Der Aufenthalt war immer sehr schön, und irgendwie schienen sich die Tanten an mich zu erinnern. Auch Birgit war oft da, und wie ich schließlich erfuhr, war sie der Lockvogel für die älteren Herren. Sie war also kein echtes erwachsenes Baby, sondern spielte nur eine Rolle – aber das in Perfektion, wie ich neidlos anerkennen musste. Allerdings verdeutlichte mir dieses Wissen auch die Leere in meinem Leben, denn hatte nicht auch Tanja letztlich nur eine Rolle gespielt, ohne tiefere Empfindungen zu haben?

Mein Leben trottete also gemächlich die Straße des Lebens entlang. Das änderte sich jedoch bei einem meiner nächsten Besuche in der Arztpraxis von Doktor Monika Schwarze. Von ihr wurde ich mit einer Eröffnung konfrontiert, die meine Windelroutine störte: „Sie tragen jetzt seit langem Windeln', begann Frau Doktor das Gespräch, „hat sich das Problem im Laufe der ganzen Zeit gebessert?"

„Nein, das nicht, aber es macht mir jetzt nicht mehr so viel aus, weil ich weiß, dass ich rundum geschützt bin."

„Das ist der falsche Ansatz! Ziel muss es sein, dass sie zumindest weitestgehend problemfrei werden."

„Sie meinen, dass ich ohne Windel...?" Ich brachte den Satz nicht zu Ende, denn das schien mir unmöglich zu sein. Vor

allem, weil schon alleine der Gedanke, ohne Schutz herumzulaufen, zum Abgang eines kräftigen Urinstrahls führte.

„Ja, genau das meine ich."

„Das geht nicht!" Vehement schüttelte ich mit dem Kopf.

„Ich verstehe ihre Skepsis, die ist ja schön und gut, immerhin tragen sie schon sehr lange Windeln und haben sich ver-
ständlicherweise daran gewöhnt. Dennoch muss das Ziel sein,
dass sie Ihren Harndrang unter Kontrolle bekommen, nicht
wahr?"

Am liebsten hätte ich jetzt ganz laut „Nein!" gesagt, aber das
hätte Frau Doktor bestimmt nicht hören wollen. Also murmelte
ich ein „Ja" und wurde ganz Rot im Gesicht: zum einen wegen
meiner Lüge, zum anderen, weil ich damit indirekt zugab, un-
sauber zu sein. Zum Glück bezog Frau Doktor die Schamesrö-
te darauf, dass mir ein Gespräch über das Problem des un-
kontrollierten Einnässens peinlich war. Sie kam nicht auf den
Gedanken, dass ich bezüglich des Ziels die Unwahrheit gesagt haben könnte. Immerhin verband sie das Windeltragen
ausschließlich mit dem körperlichen Problem, aber woher
sollte sie auch wissen, dass sich daraus inzwischen ein Rollenspiel entwickelt hatte? Ich konnte es selber ja auch kaum
glauben.

„Also gut", fuhr Frau Doktor Schwarze fort, „dann wollen wir
mal das 'Projekt Sauberkeit' starten. Sie nässen noch immer
tagsüber und auch nachts ein?"

Mit einem verlegenen Nicken bejahte ich diese Frage.

„Gut, dann werden wir mit dem nächtlichen Einnässen anfangen. Wenn Sie das in den Griff bekommen, werden sie
auch tagsüber sauber bleiben können. Nachts ist immer das
Problem, dass man durch den Schlaf erst zu spät den Harndrang spürt, während die Chancen dafür am Tag natürlich
deutlich besser stehen. Zunächst kommt es also darauf an,
das nächtliche Einnässen zu verhindern. Wir müssen dafür
sorgen, dass ihr Körper reagiert, wenn der erste Tropfen Urin
aus ihrer Harnröhre tritt. Da müssen wir also ansetzen. Können Sie mir folgen?"

Erneut stummes Nicken.

„Gut, dann werden wir das mal in Angriff nehmen."

„Und wie?"

Frau Doktor lächelte: „Für Kinder gibt es schon seit länge-
rem so genannte ‚Klingelhosen', und die gibt es inzwischen
auch für Erwachsene."

„Klingelhosen?" Mein Gesicht drückte ungläubiges Staunen
aus, „Was soll das denn sein?"

„Das sind Hosen, die sie wie einen ganz normalen Slip anziehen. Nur dass diese Hose mit einer speziellen Vorrichtung
ausgestattet ist, die auf Feuchtigkeit reagiert. Sobald ein Tropfen Urin in die Hose geht, wird dies von dem Mechanismus
registriert und er löst einen lauten Ton aus, ähnlich wie das
Läuten von einem Wecker. Sie werden wach und können
rechtzeitig auf die Toilette gehen. Nach einiger Zeit wird ihr
Unterbewusstsein wieder gelernt haben, vor dem Klingelton
wach zu werden, damit sie ihre Notdurft verrichten können.

Eine wunderbare Sache, mit deren Hilfe sie bestimmt sehr schnell sauber werden. Zudem würde ihr Windelverbrauch sinken, weil sie ja keine Nachtwindel mehr brauchen."

„Sie meinen, dass das wirklich funktionieren könnte?" Der Zweifel war mir ins Gesicht geschrieben.

„Natürlich", entgegnete Frau Doktor pikiert, „sonst würde ich ihnen keine Klingelhose verschreiben, denn schließlich sind diese Hosen nicht gerade preiswert zu haben. Aber bei Kindern ist ihr Einsatz schon Normalität und die Erfolge sind beachtlich. Gut, am Anfang werden sie sicher des Öfteren ins Bett machen, weil sie sich erst an die Klingelhose gewöhnen müssen. Aber da gibt es einen einfachen Trick: Sie ziehen über die Klingelhose eine von den Windelpants. Auf diese Weise sind sie vor einem Malheur geschützt und können nach dem Registrieren des Klingelns ganz normal auf der Toilette urinieren."

Das klang zwar alles ganz schön, aber so richtig überzeugte es mich nicht – ich liebte es inzwischen viel zu sehr, rund um die Uhr Windeln zu tragen – selbst das Einnässen bereitete mir immer wieder Freude, so dass ich es immer mal wieder absichtlich zuließ. Aber wie sollte ich das meiner Ärztin erklären?

Abwehrend hob ich beide Hände und meinte beschwichtigend: „Das klingt gut, wirklich, das glaube ich ihnen alles. Aber für mich klingt das alles etwas utopisch, und das Risiko mit dem nassen Bett..."

„Deshalb ja die Windel über der Klingelhose", kam es eisig zurück.

Offensichtlich duldete sie keinen Widerspruch. Okay, Ärzte müssen versuchen, ihre Patienten zu heilen, in diesem Falle also mich sauber bekommen. Ich war drauf und dran, ihr von meinem Leben als erwachsenes Baby zu erzählen, aber dann traute ich mich nicht. Stattdessen gab ich mich versöhnlich: „Gut, okay, ich werde es mit einer Klingelhose versuchen."

„Ich schreibe Ihnen zwei Hosen auf, denn das positive Ergebnis wird sich erst nach einiger Zeit einstellen und die getragene Hose muss ja auch mal gesäubert werden."

Damit reichte mir Frau Doktor das Rezept.

„Äh – wo bekomme ich eigentlich diese Hosen?"

„Na, wo schon: Im Sanitätshaus natürlich", lautete die lapidare Antwort.

Damit war die Behandlung beendet und ich verließ die Praxis. Klingelhosen – was es nicht alles gab!

Noch ganz in Gedanken von dem Plan meiner Ärztin fuhr ich direkt zum Sanitätshaus. Ohne lange zu überlegen betrat ich es und schaute mich um. Von Sandra, meiner Lieblingsverkäuferin, war an diesem Tag weit und breit nichts zu sehen. Dafür kam ihre Kollegin auf mich zu. Wie immer machte sie bei meinem Anblick ein recht verdrießliches Gesicht – sie glaubte nämlich immer noch, dass ich die Windeln nur aus reinem Spaß anzog.

Wortlos nahm sie das Rezept entgegen. Nach kurzer Suche im Computer meinte sie: „Solche Hosen haben wir nur für

Kinder vorrätig, nicht aber für Erwachsene. Wenn sie mir ihre Größe verraten, bestelle ich ihnen die beiden verschriebenen Exemplare."

Artig nannte ich meine Größe und bedankte mich für die Mühe des Bestellens. Dann kaufte ich noch zwei Pakete Windelpants, denn die sollte ich ja anfangs über die Klingelhose ziehen. Beim Gehen fragte ich dann noch, wann die Hosen wohl abholbereit sein würden.

„Bei einem ihrer nächsten Windelkäufe werden sie die Teile bestimmt mitnehmen können", lautete die schnippische Antwort.

Ich bedankte mich und verließ eilig den Laden.

Die nächsten zwei Tage verliefen recht ereignislos. Da ich einen riesigen Vorrat an Windeln angelegt hatte, würde ich in den nächsten beiden Wochen keine kaufen müssen. Aber wie würde ich dann erfahren, ob die Klingelhosen da wären?

Noch während ich über eine Lösung nachdachte, löste sich das Problem von ganz alleine. Zwei Tage nach meinem Besuch im Sanitätshaus klingelte es abends an meiner Tür. Nur mit einem Jogginganzug bekleidet öffnete ich. Vor mir stand leibhaftig Sandra, meine Lieblingsverkäuferin.

„Oh, äh, hallo", begann sie verlegen, „ich habe gesehen, dass für sie zwei Klingelhosen geliefert wurden und da ich weiß, dass sie ungern bei meiner Kollegin kaufen und ich doch ab morgen Urlaub habe, da dachte ich... Also, hier sind sie." Damit hielt sie mir ein neutral verpacktes Päckchen hin. Als sie meinen Blick bemerkte, ergänzte sie: „Ich habe die beiden

Hosen zusammen und dazu neutral verpackt, weil ich ja nicht wusste, wie es hier mit neugierigen Nachbarn aussieht."

Ich stammelte ein paar Dankesworte.

„Woher wissen sie eigentlich, wo ich wohne?"

„Auf ihren Rezepten steht doch immer Name und Adresse. Ist es schlimm, dass ich die Sachen vorbeigebracht habe?"

„Nein, nein, überhaupt nicht. Ach ja, sie bekommen sicher noch das Geld dafür, richtig?"

Sandra bestätigte es.

Ich spürte, wie mein Herz beim Anblick dieser wunderbaren Frau vor Aufregung lauter schlug – und ich bemerkte den kräftigen Strahl, der sich wegen meiner Aufregung unablässig in die Windel entlud. Sie musste schon ganz schön durchhängen, aber dennoch bat ich Sandra herein. Rasch holte ich das Geld und wechselte heimlich im Bad die Windel.

Allerdings hatte Sandra die durchhängende Windel bemerkt, denn als ich mit dem Geld zurückkam, spürte ich ihren prüfenden Blick auf meiner Körpermitte.

„Haben sie die Windel gewechselt?" Erschrocken schlug sie die Hand vor den Mund und stammelte sofort: „Tschuldigung, das ist mir so... herausgerutscht."

„Kein Problem", beruhigte ich sie, „sie dürfen alles fragen. Wissen sie eigentlich, dass sie der erste Mensch waren, mit dem ich unbefangen über mein Problem sprechen konnte? Und danach auch noch entspannt Plaudern konnte, obwohl sie von meinem Problem wussten?"

Natürlich war ihr das nicht bekannt, woher sollte sie es auch wissen. Immerhin entspann sich über meine Offenheit ein längeres Gespräch über Inkontinenz, die Betroffenen, Windeln und das tägliche Leben mit einer Windel zwischen den Beinen. Ganz besonders interessierte sie, wie man tagsüber auf der Arbeit den Windelwechsel hinbekommt und die nasse Windel entsorgen kann, ohne dass die anderen es mitbekommen. Es tat ungemein gut, mit einem anderen Menschen ausführlich und völlig unbefangen über all diese Themen sprechen zu können. Ihr Interesse war echt und nicht gekünstelt.

Ich öffnete uns eine Flasche Wein – beim ersten Anstoßen gingen wir zum ‚Du' über.

„Du hast also ab morgen zwei Wochen Urlaub – steht eine Reise an?"

„Nein, das kann ich mir nicht leisten", antwortete sie traurig, „ich habe mich gerade von meinem Freund getrennt und eine neue Wohnung bezogen. Da ist die Urlaubskasse für ein paar Möbel draufgegangen. Ist aber nicht schlimm, dafür bin ich jetzt frei. Wie sieht das denn bei dir aus, hast du inzwischen eine Freundin?"

Ich überlegte kurz, erzählte dann aber doch von meinen Beziehungen zu Tanja und Manuela, aber anfangs nur das Wesentliche. Je weiter sich aber die Weinflasche leerte, desto lockerer wurde meine Zunge. Schließlich erzählte ich ihr von unseren Rollenspielen, bei denen sie die strengen Mamis und ich das Baby war. Meine Ausflüge in die Welt der Studios verschwieg ich zunächst.

Zu meiner großen Überraschung sprang Sandra nicht von Ekel erfüllt auf und flüchtete aus meiner Wohnung. Ganz im Gegenteil, sie meinte schmunzelnd: „Ja, solche Spiele kenne ich."

„Echt? Woher?"

Nun war es an ihr, etwas herumzudrucksen. Schließlich gab sie sich aber einen Ruck: „Manche Windelkäufer sind ältere Herren, und man glaubt nicht, wie oft ich im Scherz gefragt werde, ob ich ihnen nicht regelmäßig die Windel wechseln würde. Manchmal habe ich ‚Ja' gesagt, und hin und wieder hat mich einer beim Wort genommen. Bei uns im Laden ist der Lohn recht schmal, aber die Männer waren sehr großzügig – nur, weil ich ihnen die Windeln gewechselt habe. Irgendwann wollte dann einer wie ein Baby behandelt werden, wieder ein anderer hat um Schläge auf den Po gebeten – ich habe mitgemacht, und sie haben es mir fürstlich gedankt."

Sandra warf mir einen prüfenden Blick zu.

„Schlimm?"

„Nein, eigentlich nicht." Erst jetzt traute ich mich, von meinen wenigen Studiobesuchen zu erzählen.

„Wow! Wir würde gut zusammenpassen." Das folgende Lachen wirkte gekünstelt, wahrscheinlich sollte es ihre Verlegenheit überspielen.

„Haben dich die Männer... - ich meine, hast du...", fragte ich nach.

„Du meinst, ob ich mit ihnen geschlafen habe? Nein, ich war mit keinem von ihnen im Bett." Als ich den Mund öffnete, fügte sie hinzu: „Wir haben es auch nicht andernorts getrieben. Gut, ich habe sie angefasst, aber ich musste sie ja saubermachen."

„Hast du sie nicht gemolken?"

„Nein, habe ich nicht. Aber ich bezweifle, dass sie wirklich gekommen wären. Die wollten einfach nur von einer jungen Frau angefasst werden, die sie kannten und der sie vertrauten. Mehr war nicht."

„Dann haben wir beide in den letzten Jahren interessante Erlebnisse gehabt."

Sie nickte.

„Ich würde auch gerne mal wieder von einer Frau gesäubert werden."

„Ist deine Windel nass?"

„Klatschnass."

„Brauchst du gelegentlich ein Kindermädchen oder möchtest du eine Mami ganz für dich alleine?" Sie zwinkerte mir schelmisch zu.

Ich begriff und war in dem Moment der glücklichste Mensch auf Erden! Natürlich rief ich „Ja, bitte, sei meine Mami!"

„Einverstanden!"

Mit einem Kuss besiegelten wir den Beginn unserer Beziehung. Unglaublich, aber diese schlanke, grazile Gestalt mit den langen Haaren und dem kurzen Rock würde nun meine Freundin und zugleich meine Mami sein.

Sandra stieg auch sofort in ihre Mutterrolle ein: „Was sitzt du hier so faul rum, du Nichtsnutz? Siehst aus wie ein Prolet, stinkst nach Schweiß und wahrscheinlich läuft deine Windel auch gerade über. Aber mit der Gammelei ist jetzt Schluss, Freundchen, jetzt ziehe ich andere Seiten auf!" Der Vorwurf in ihrer Stimme war nicht zu überhören.

Sie warf mir einen fragenden Blick zu. Ich nickte unmerklich. Am Anfang würde sie sich bestimmt öfter rückversichern, um den Bogen nicht zu überspannen, aber durch die Berichte aus meiner Vergangenheit hatte sie schon eine ungefähre Vorstellung, welche Behandlung ich lieben würde.

„Marsch, ins Bad!", kommandierte sie.

Mechanisch bewegte ich mich ins Badezimmer. Bevor ich etwas sagen konnte, kam von Sandra schon der nächste Befehl: „Hose runter, Windel weg und aufs Klo gesetzt, aber dalli, bevor sie doch noch überläuft und deine Jogginghose beschmutzt!"

Wie in Trance gehorchte ich. Als ich schließlich auf der Toilettenschüssel saß, forderte sie mich auf, die Blase gründlich zu entleeren. Zudem hatte sie mit einem raschen Blick in die Runde bemerkt, dass sich weder die Windelpakete noch die Inkontinenzhosen im Bad befanden.

„Ich werde dir jetzt eine frische Windel und eine Gummihose holen. Du rührst dich nicht von der Stelle und bleibst artig auf der Schüssel sitzen, verstanden?"

Ergeben nickte ich. Dann beschrieb ich Sandra kurz, wo sie die Sachen finden würde. Aus Sicherheitsgründen lagerte ich die Windeln und das sonstige Zubehör nämlich nicht im Bad, sondern im Schlafzimmer. Dort befand sich neben einem Doppelbett auch ein Kleiderschrank für zwei Personen, von dem ich aber nur die Hälfte für meine Kleidung benötigte. Die andere Hälfte war randvoll mit Windeln, Gummihosen und ein paar Strampelanzügen, die ich mir im Laufe der Zeit gekauft hatte. In den Windelmagazinen gab es nämlich auch Anzeigen von Herstellern entsprechender Artikel, und von einigen hatte ich mir die Kataloge kommen lassen. So manches Kleidungsstück hatte ich mir dann gegönnt, aber auch ein paar Schnuller, zwei Nachttöpfe und mehrere Paddle gehörten zu meinem Bestand. Mit letzteren schlug ich mir gelegentlich in Erinnerung an die Studiobesuche auf den Po, aber es war nicht so reizvoll, als wenn das jemand anderes tat.

Als Sandra ins Bad zurückkam, saß ich immer noch brav auf der Kloschüssel. Ich merkte sofort, dass sie ungehalten war. Tatsächlich schimpfte sie auch gleich los: „Du bist ein schlimmes Ferkel! In die Windel zu machen ist ja nicht so schlimm, aber die nassen Dinger wer-weiß-wie-lange einfach so herumliegen zu lassen ist ja wohl eine Riesensauerei! Warum wirfst du die Sachen nicht einfach in den Müll?"

Ich war ehrlich überrascht und hatte keine Ahnung, wovon sie sprach. Dann bemerkte ich das beinahe diabolische Lächeln um ihre Lippen – und ich sah ein Paddle in ihrer Hand. Sofort war mir klar, worauf sie hinauswollte und was mir gleich blühen würde. Vor lauter Vorfreude versteifte sich sofort mein Pimmelmann.

Daran merkte Sandra sofort, dass ich sie verstanden hatte. Fröhlich summend ließ sie Wasser in die Badewanne laufen. „Nach einer solch nassen Windel und deinem Pullern musst du gründlich gewaschen werden", erläuterte sie, „da ist ein Bad genau das Richtige."

Sofort wollte ich aufstehen und in Richtung Badewanne gehen, als sie mich anfauchte: „Du bleibst da schön sitzen!" Ihre Stimme ließ keinen Widerspruch zu, „Erst wenn die Wanne voll ist, darfst du aufstehen, aber nicht vorher! Nachher verpinkelst du noch das ganze Badezimmer, denn im Augenblick bist du untenherum ganz nackig."

Endlich war die Wanne voll. Ich durfte mich von der Kloschüssel erheben, musste aber kurz stehen bleiben. Sandra ließ es sich nicht nehmen, mit Toilettenpapier meinen Penis abzuwischen. „Wir wollen doch nicht gleich das schöne Badewasser mit deinem ekligen Pipi verschmutzen!", maulte sie.

Dann ging es zur Wanner. Als Ich den ersten Fuß hineingesetzt hatte, zuckte ich mit einem Schmerzensschrei zurück: „Au, das ist ja verflucht heiß!"

Kaum hatte ich das laut ausgesprochen, bereute ich es schon. Sandras Hand klatschte mehrmals hart auf meinen nackten Po. Dabei drohte sie: „Keine unflätigen Ausdrücke, sonst werde ich böse! Das Wasser hat genau die richtige Temperatur, wie sie kleine Kinder mögen, also kann sie einem Erwachsenen sicher auch nicht schaden. Und jetzt setz dich endlich in die Wanne, damit ich den Gestank von dir abwaschen kann."

Die nächste halbe Stunde war Sandra damit beschäftigt, mich ausgiebig zu baden. Immer wieder wurde ich eingeseift und anschließend abgewaschen. Sie bemühte sich dabei nicht, besonders sanft zu sein. Ganz im Gegenteil, sie war recht herb. Aber genau das gefiel mir!

Da ich schon nicht alleine baden durfte, trocknete mich Sandra hinterher natürlich auch ab. Dabei war sie zwischen meinen Beinen wie schon beim Waschen besonders gründlich.

Beim anschließenden Wickeln war meine Erektion ein Hindernis. Sandra löste es, indem sie mir kurz entschlossen mit der Hand Erfüllung bescherte. Danach wusch sie erst ihre Hand und dann erneut mein Glied, bevor ich eine frische Windel und darüber eine Gummihose angezogen bekam. Darüber durfte ich ein T-Shirt tragen.

„Dieses Mal habe ich deinen Saft weggewischt, aber in Zukunft darfst du ihn schlucken – das ist ein richtiger Vitamincocktail, also genau das Richtige für dich kleines Balg!"

Schon bald erfuhr ich, dass sie diese Ankündigung ernst meinte. Aber ich gewöhnte mich schnell daran. Ansonsten machte sie da weiter, wo Tanja aufgehört hatte. Es war ja klar, dass sie etwas Zeit brauchte, um sich in die Rolle hineinzufinden, und da sie aus meinen Erzählungen wusste, womit ich schon Erfahrung hatte und was ich mochte, griff sie darauf zurück. Im Laufe der Zeit erweiterte sie allerdings sowohl ihr Spektrum als auch meinen Bestand an Babykleidung in Erwachsenengröße und sonstigen Utensilien. Vor allem Spielzeug stand hoch im Kurs.

In sexueller Hinsicht unterschied sie sich sehr von Tanja und Manuela. Natürlich gab mir auch Sandra oft die Brust zum

Nuckeln oder ließ sich zwischen den Beinen von mir lecken, aber darüber hinaus durfte ich sie immer wieder auch ganz normal bumsen. Das bereitete mir zwar einerseits große Freude, sorgte aber andererseits auch für Stress: Durch die Wärme in der Windel und das lange Tragen dauerte es immer eine geraume Weile, bis mein Penis für Liebesdienste einsatzbereit war. Das gefiel Sandra nicht so gut, und im Laufe der Jahre griff sie immer öfter zum Vibrator. Anfangs durfte ich zuschauen, wie sie es sich besorgte und dann mit der Zunge ihr Geschlecht reinigen, aber auch diese Einsätze ebbten mehr und mehr ab. Trotzdem hielt unsere Beziehung sehr viele Jahre.

Die Klingelhosen durfte ich natürlich auch tragen, aber nur tagsüber und ohne Windel darüber. Sandra fand es lustig, wenn ich einnässte und das schrille Geräusch mich auf das Töpfchen trieb – die Toilette war für mich nach dem einen Mal tabu, lediglich für das große Geschäft durfte ich sie benutzen. Zur Erklärung meinte Sandra: „Die Windeln sind für Harninkontinenz gemacht, nicht aber für den Stuhlgang. Für Stuhlinkontinenz gibt es spezielle Windeln, aber die bekommst du nicht! Eine vollgekackte Windel verschmiert das Hinterteil, und das zu säubern ist kein Vergnügen. Gut, mal macht es Spaß, wenn es in eine entsprechende Rahmenhandlung eingebettet ist, aber grundsätzlich ist es ekelhaft. Wenn du das willst, musst du dir eine andere Frau suchen."

Was ich natürlich nicht tat.

10. Das befreundete Paar

Nachdem Sandra und ich als Paar zusammengekommen waren, fand zunächst die übliche Vorstellungsrunde im Freundes- und Bekanntenkreis statt. Für mich war es die erste dieser Art, weil Tanja keine Freunde zu haben behauptet hatte, aber in Wirklichkeit hatte sie mich wohl vor ihnen versteckt. Ich dagegen hatte keine Bekannten, geschweige denn Freunde. Zwar traf ich mich gelegentlich nach der Arbeit mit ein paar Kollegen, aber daraus hatten sich keine Freundschaften entwickelt.

Sandras Freundeskreis war nicht besonders groß, denn wegen ihrer Arbeitszeiten und der Samstagsarbeit blieb ihr nicht viel Freizeit für Vereinsaktivitäten übrig. Dennoch war es ein merkwürdiges, zugleich aber auch erhebendes Gefühl, von ihr als ‚mein Freund' vorgestellt zu werden.

Ich wurde herzlich in den Kreis aufgenommen und alle freuten sich, dass Sandra nun liiert war. Ihren Ex-Freund schien keiner sonderlich gemocht zu haben, weshalb alle froh waren, dass sie sich endlich von ihm getrennt und so schnell ‚guten Ersatz' gefunden hatte.

Ganz besonders angetan war von unserer Liaison ein anderes Paar, Ilona und Peter. Sandra hatte mir verraten, dass sie zu diesen beiden einen besonders guten Kontakt hatte. Auch nun, nachdem sie fest mit mir zusammen war, bestand dieser fort. Daher war es nicht verwunderlich, dass wir viel zu viert unternahmen und dabei jede Menge Spaß hatten.

Inzwischen waren Sandra und ich zusammengezogen. Nach den Erfahrungen mit Tanja behielt ich meine Wohnung sicherheitshalber aber weiter, was jedoch mit Sandra abgesprochen war. Eigentlich hatte ich ein Lamentieren und Gemeckere erwartet, aber zu meiner Überraschung war sie damit einverstanden. Nun gut, sie kannte die Geschichte mit Tanja und ohne meine Wohnung als Rückzugsraum hätte es für mich schlimm werden können. Aber trotz meiner eigenen Wohnung hielt ich mich nur bei Sandra auf, und dort waren auch alle meine persönlichen Sachen. Allen voran natürlich die Windeln, Gummihosen und sonstigen Utensilien.

Als wir uns alle mal wieder bei Sandra versammelt hatten, kreisten wie so oft die Weinflaschen. Dieses Mal waren es aber ein oder zwei Flaschen mehr als sonst, weil wir alle Urlaub hatten und das Leben genossen.

Mitten in die schönste Stimmung fragte mich Sandra leise: „Du warst den ganzen Abend noch nicht auf der Toilette. Was macht deine Windel, sie wird doch nicht überlaufen?"

Leider hatte Ilona den letzten Teil mitbekommen und hakte sofort nach: „Welche Windel läuft über?"

Während ich Rot anlief, versuchte Sandra mit einem launigen Satz das Gesagte zu banalisieren, was ihr aber nicht gelang.

„Komm, uns kannst du es doch ruhig sagen: Wer trägt eine Windel?"

Wortlos deutete Sandra auf mich. Instinktiv wurde ich ganz klein und wäre am liebsten im Sofa versunken.

„Du?", vergewisserte sich Ilona, „Du trägst Windeln? Machen sie dich geil?"

Ich sah ein, dass ich mein Schweigen brechen musste, also verneinte ich und erklärte kurz die Hintergründe.

„ist doch nicht schlimm", ließ sich Peter danach vernehmen, „jeder hat seine Probleme. Wir sind beide bisexuell, das schockiert ganz schön viele Leute." Als ich nicht reagierte, fuhr Peter trotz deutlich sichtbarer Unruhe von Sandra fort: „Meine Süße und deine Süße..."

„Es reicht", unterbrach ihn Sandra, „lasst uns auf den schönen Abend anstoßen!"

„Warum?", fragte Peter schwerfällig, ganz offensichtlich hatte der viele Alkohol seine Zunge gelockert: „Du hast deinen Ex-Freund mit Ilona betrogen, aber es ist mir egal. Hauptsache, ihr hattet euren Spaß!"

Verlegen stierte Sandra in ihr Glas.

„Du hast", versuchte ich die sich ausbreitende Stille zu durchbrechen, „mit Ilona geschlafen?"

„Nicht geschlafen", korrigierte Peter, „Gevögelt haben sie. Sich richtig durchgefickt!"

„Peter, es reicht!" Ilona sprach ein Machtwort. Mit einem ‚Tschuldigung!' sank Peter in sich zusammen.

An mich gewandt fuhr Ilona fort: „Tut mir leid, dass du es auf diese Weise erfahren hast, aber wir sind eben - anders. Total verkorkst. Hoffentlich verachtest du uns nicht!"

Ich holte tief Luft. „Ist das der Abend der Geständnisse? Na gut, dann will ich kein Spielverderber sein. Wenn ich euch wegen der Bisexualität verachten würde oder entsetzt wegen deines Techtelmechtels mit Sandra sein sollte, was würdet ihr dann erst von mir denken?" Noch einmal atmete ich tief durch.

Plötzlich spürte ich Sandras Hand auf meinem Arm: „Schatz, willst du es ihnen wirklich sagen?"

„Können wir ihnen vertrauen?", lautete meine Gegenfrage.

„Absolut!'"

„Na dann…" - und ich erzählte von meinem Problem mit der Stressinkontinenz, dem Tragen von Windeln und am Ende dann in einem doch recht stockenden Tonfall von meinem Dasein als erwachsenes Baby.

Zu meiner großen Überraschung lachten die beiden nicht, sondern schauten mich einfach nur freundschaftlich an. Peter streckte mir schließlich wortlos seine Hand hin und sagte: „Danke für deine Offenheit! Euer Geheimnis ist bei uns sicher, keine Sorge!"

„Schatz", meldete sich nun Sandra zu Wort, „ich muss dir etwas gestehen: Die beiden wussten schon vorher von unserem Rollenspiel. Bitte sei nicht böse!"

Nun, das kam nun sehr überraschend, deshalb schaute ich nicht wütend, sonder verdutzt drein.

„Es ist so", fuhr Sandra fort, „durch Ilona habe ich die Liebe mit einer Frau kennen- und schätzen gelernt. Ich möchte gerne weiterhin mit ihr schlafen, einfach nur so zur Abwechslung."

„Okaaayyy", erwiderte ich gedehnt. Ich ahnte, dass noch etwas kommen würde.

„Wenn ich dich als Baby leben lasse und auch so behandle, heißt das nicht, dass ich nicht mehr bumsen will! Ganz im Gegenteil: Ich will ordentlich genagelt werden, und das tust du ja auch, aber irgendwie passt das nicht zu deiner Babyrolle. Du weißt ja selber, dass du nach ein paar Stunden mit Windel Erektionsprobleme hast, also sollte ich mir für den Sex jemand anderen suchen. Du sollst aber nicht zu kurz kommen, deshalb habe ich einen Plan. Peter und Ilona kennen ihn und sind einverstanden, aber nur, wenn das auch für dich in Ordnung wäre"

Eigentlich hätte ich erbost sein sollen, doch ich hatte plötzlich wahnsinnige Angst, dass mich diese tolle Frau verlassen würde. Längst schon war meine Windel klatschnass und drohte auszulaufen, aber vor einem Windelwechsel musste das hier geklärt werden.

Mein Schweigen wurde von den anderen zumindest nicht als Ablehnung gedeutet, aber richtigerweise auch nicht als Zustimmung. Aber da ich nicht sofort aus der Haut gefahren war, schöpfte Sandra Mut und erklärte es mir genauer: „Ich möchte es weiterhin mit Ilona treiben, aber auch immer wieder einen richtigen Schwanz in mir spüren. Dafür würde ich dann mit Peter ins Bett gehen. In der Zeit, in der ich mit einem von den beiden bumse, passt der jeweils andere auf dich auf, wäre also dein Babysitter. Na, was meinst du?"

„Ich – das kommt irgendwie – also, na ja", stammelte ich. Dann sammelte ich mich und versuchte es erneut: „Du weißt, dass ich nicht nur Windeln trage, sondern dass – also wir – darüber hinaus…"

Jetzt schaltete sich Ilona ein: „Pass auf, Gerdchen, wir wissen von allem: Brust geben, dem Baden, den nassen Windeln, dem Saubermachen, dem Füttern, den Sitzungen auf dem Töpfchen und ich weiß nicht was noch alles. Wir wissen einfach alles! Und es ist für uns okay! Wir haben sogar schon Magazine gekauft und überall Informationen gesammelt. Wir kennen deine und wir kennen unsere Rolle. Wollen wir es einfach mal probieren?"

Ich schluckte, aber da sie ohnehin alles wussten – warum also nicht. Zumal mir meine Erektionsprobleme immer sehr peinlich waren und ich wusste, dass Sandra oftmals nicht wirklich befriedigt war, auch wenn sie etwas anderes behauptete. Eine zumindest teilweise ‚offene Beziehung' könnte die Lösung sein.

„Wenn Sandra mal wieder viele Überstunden machen muss, zum Beispiel wegen der Inventur, würden wir uns um dich kümmern und du könntest dein Faible trotz ihrer Abwesenheit ausleben", unterstrich Peter.

„Allerdings", bremste Sandra, „gibt es da noch eine Sache: Du müsstest dich von den beiden anfassen und vielleicht sogar bumsen lassen. Für mich wäre das kein Problem, aber vielleicht würdest du das ja nicht mögen?"

„Das – das weiß ich auch nicht", stammelte ich. In Gedanken dachte ich an meine Fummelei mit Hermann, das war irgendwie halb so schlimm wie ich gedacht hatte. Und ob mich eine Frauenhand oder eine Männerhand melken würde, war doch letztlich egal, oder?

Einmal mehr an diesem Abend atmete ich tief durch, schluckte schwer – und stimmte dann dem Arrangement zu.

„Dann zeig dich doch gleich mal als Baby!", forderte Ilona sofort.

Sandra zwinkerte mir erst zu und meinte dann zu ihr: „Kein Problem, aber seine Windel muss gewechselt werden. Übernimmst du das, Ilona?"

„Na klar!"

Nun musste ich mich vor den dreien bis auf die Windel ausziehen. Danach ging es sofort ins Bad, wo wir einen Schrank unauffällig zur Wickelkommode umfunktioniert hatten. Das ungeübte Auge sah einfach nur einen Badezimmerschrank mit einer breiten Oberfläche, aber tatsächlich… Nun ja, wir konnten uns keine Möbel für erwachsene Babys leisten, also improvisierten wir eben.

Ilona fand sich schnell zurecht: Sie entfernte die Windel und ich musste nackt unter die Dusche gehen.

„Dusche ist nicht wichtig", wendete ich ein, aber ohne Erfolg.

„Kleine Windelpupser müssen geduscht werden, sonst stinkst du doch – willst du stinken?"

Ich schüttelte mit dem Kopf.

„Dann sei jetzt still und geh brav unter die Dusche. Ich zähle bis Drei, und wenn du dann nicht in der Duschwanne stehst, gibt es tüchtig was hintendrauf!"

Bei dieser Drohung bekam ich sofort eine Erektion. Ilona nahm sie schmunzelnd zur Kenntnis: „Da sagt Sandra, dass du keinen Ständer bekommen kannst, und kaum ist die Windel ab und du bist nackig vor der lieben Tante Ilona, steht dein Schwänzchen schon wie eine Eins. Du kleines Ferkel!" Dabei lachte sie mich freundlich an.

Ilona ließ sich sehr viel Zeit mit dem Duschen. Mittendrin unterbrach sie meine Säuberung und wedelte mit ihrer Hand meine Palme. Danach duschte sie mich weiter, unterbrach den Vorgang nach ein paar Minuten aber erneut, um mich ein zweites Mal abspritzen zu lassen. Danach war ich ziemlich müde. Sie beeilte sich mit dem Duschen und Abtrocknen, danach wickelte sie mich. Über die frische Windel bekam ich die von Sandra zuvor bereitgelegte blaue Gummihose und einen gelben Strampelanzug mit bunten Teddybären darauf angezogen.

Als ich fertig war, schaute mich Ilona prüfend an: „Du siehst gut aus, wie ein richtiges Baby. Und schön geil bist du auch. Wir werden sehr viel Spaß miteinander haben!"

Zurück im Wohnzimmer trafen wir auf die erhitzt wirkenden Sandra und Peter.

„Ich habe Gerdchen zweimal die Palme gewedelt", verkündete Ilona, was bei mir einen kräftigen Strahl in die gerade frisch angelegte Windel zur Folge hatte.

„Peter hat mich gevögelt", gestand Sandra.

„Gerdchen, geh spielen", befahl Ilona.

„Was?"

„Ab in dein Kinderzimmer", kommandierte jetzt Sandra.

Etwas verdattert ging ich automatisch in den zu meinem ‚Kinderzimmer' umgestalteten Nebenraum. Kurz darauf hörte ich im Schlafzimmer die Bettfedern quietschen – es gab keinen Zweifel, nebenan lief gerade ein Dreier. Sollte ich darüber sauer oder traurig sein? Immerhin hatte es mir Ilona ja auch zweimal besorgt, und das sogar mit der Erlaubnis aller in Betracht kommenden Personen. Also schwieg ich.

Irgendwann kamen alle drei mehr oder weniger spärlich bekleidet zu mir. Sandra machte mich vor den Augen der beiden anderen bettfertig und legte mich schlafen. Alle drei wünschten mir eine gute Nacht. Dann schlossen sie die Tür – und wieder begannen die Bettfedern zu quietschen.

Für den nächsten Morgen hatte ich mit einer peinlichen Stimmung gerechnet, denn immerhin hatten Sandra und ich am Abend vorher Sex gehabt, nur eben nicht miteinander. Allerdings kam alles anders, denn Peter und Ilona waren einfach über Nacht geblieben. An diesem Tag sah ich die beiden erstmals nackt, später spärlich bekleidet. Ich wurde von Peter gebadet und gewickelt, dann von Sandra gefüttert. Die Aufgabenverteilung wechselte zwischen den dreien aber ständig hin und her. Ich konnte das sein, was ich inzwischen am liebsten war: ein erwachsenes Baby.

Im Laufe der nächsten Wochen wiederholten sich diese Ereignisse wieder und wieder. Unser Umgang miteinander wurde immer vertrauter und ich verlor alle Hemmungen, mich als Baby zu präsentieren und auch so zu benehmen. Umgekehrt trieben es die drei anderen recht ungeniert miteinander, auch wenn immer mal wieder jemand „Nicht vor dem Kind!" oder „Nicht vor dem Kleinen!" sagte. Es war mir egal, denn irgendjemand von den dreien spielte immer an mir bis zum Samenerguss herum. Ilona ließ sich nach den ersten Besuchen sogar von mir lecken.

Am Anfang war es mir allerdings nicht so recht, wenn Peter mich badete oder mir die Windel wechselte – es war irgendwie komisch, von einem Mann an meinen intimsten Stellen berührt zu werden. Bei Ilona gab es diese Anfangsschwierigkeiten nicht, vielleicht weil sie eine Frau war. Aber der Mensch gewöhnt sich an alles, und irgendwann machte es mir nichts mehr aus, wenn Peter meinen Penis rieb und zum Abspritzen brachte.

Etwas Überwindung kostete es mich jedoch, als Peter mir sein ‚Spezialfläschchen' zum Trinken anbot. Ich war an dem Tag etwas übermütig und zugegebenermaßen auch sehr frech gewesen, weshalb ich nun auf diese Weise bestraft werden sollte. Vor den Augen von Sandra und Ilona machte ich gute Miene zu diesem Spiel und hatte zum ersten Mal in meinem Leben ein männliches Glied im Mund. Es war sehr ungewohnt und komisch, dazu hatte ich wahnsinnige Angst, Peter zu verletzen. Letztlich erklärten mir die drei aber, was ich genau zu tun hatte – und im Grunde wusste ich es ja, weil ich früher genug Pornofilme gesehen hatte, in denen Frauen es den Männern auf diese Weise besorgt hatten. Also gehorchte ich und saugte an dem ‚Fläschchen' – bis er mit seinem Saft meinen Mund überschwemmte. Allerdings war es kein Sperma, sondern Natursekt, den er mir in den Mund jagte.

„Strafe muss sein!", erklärte er und drohte: „Wenn du wieder frech bist, bekommst du erst tüchtig den Hintern versohlt und dann eine ganze Nuckelflasche mit meinem Natursekt zum Trinken! Also sei in Zukunft lieb!"

Das hatte gesessen, denn bislang kannte ich nur Haue, frühes Zubettgehen oder Eckestehen als Strafe – nun hatte Peter die Auswahl auf seine Weise erhöht. Sandra und Ilona waren begeistert und kündigten an, ebenfalls so verfahren zu wollen. Ich versprach hoch und heilig, in Zukunft ganz, ganz brav zu sein. Was natürlich nicht immer klappte. Dennoch spielte ich die meiste Zeit das liebe und pflegeleichte Baby. Ritt mich dann aber doch mal der Teufel, drehte ich ein wenig auf und akzeptierte freudig die Strafe. Am liebsten bekam ich den Po voll gehauen und nach einigen Anläufen liebte ich auch die Spezialfläschchen, egal von wem sie befüllt wurden.

11. Umerziehung zum Babymädchen

Inzwischen war es wieder Winter geworden, und wir trafen uns einmal mehr bei Peter und Ilona. Wie immer gab es zuerst Kaffee und Kuchen, wobei Neuigkeiten sowie der neueste Klatsch und Tratsch ausgetauscht wurde.

Im Anschluss an die Kaffeetafel ging es in den gemütlichen Teil über. Da inzwischen auch Peter und Ilona in ihrem sehr geräumigen Haus ein Zimmer für Windeln, Gummihosen und vieles mehr reserviert hatten, konnte ich in die Rolle eines Adult Babys schlüpfen, ohne immer die dafür erforderlichen Sachen mitschleppen zu müssen. Auch an diesem Tag verwandelte ich mich also wieder in ein erwachsenes Baby.

Wie immer wurde viel gelacht und irgendwann auch Wein gereicht. Natürlich nicht für mich, denn ganz stilecht bekam ich ein Nuckelfläschchen mit lauwarmer Milch. Das machte mir nichts aus, denn wegen meiner Inkontinenz hatte ich schon immer Alkohol zu meiden gesucht – ich wollte verhindern, in angeheitertem Zustand irgendwem von meinem Problem zu erzählen oder meine Windel zum Überlaufen zu bringen.

Natürlich hatte ich vorher ganz normal als Erwachsener an der Kaffeetafel Platz genommen und zwei Tassen Kaffee getrunken. Hinzu kam die Milch, denn es blieb selbstverständlich nicht bei einem Fläschchen.

Es dauerte also nicht lange und die Blase drückte. Ich ließ es laufen, schließlich war die Windel frisch. Aber jede trockene Windel füllt sich mit jedem einzelnen Tropfen, und davon ließ ich mehr als genug in das Vlies. Da mich die drei Erwachsenen ständig im Auge behielten, würde über kurz oder lang jemand bemerken, wie meine Windel durchhing. Tatsächlich war es Sandra, der es als erster auffiel: „Ich glaube, Gerdchen braucht eine frische Windel – schaut nur, wie seine jetzige durchhängt!"

Sofort nahm sie mich an die Hand und führte mich ins Badezimmer. Dort begann die übliche Prozedur von Entkleiden, Windel abnehmen, Unterleib säubern, frisch wickeln und wieder anziehen. Da ich ein ‚anständiger Junge' zu sein hatte, musste ich über der Windel eine Gummihose und darüber eine Unterhose tragen. Damit ich straßentauglich war, kam darüber natürlich eine Jeans, durch deren dicken Stoff das ganze Darunter weniger als bei Stoffhosen auffiel.

„Die Jeans lassen wir jetzt einfach mal weg", schlug Sandra vor, „du machst ja heute ohnehin noch öfter in die Windel, dann brauchen wir dir eine Hose weniger auszuziehen."

Also ging es für mich spärlich bekleidet zurück ins Wohnzimmer. Auf die Blicke der beiden anderen erklärte Sandra ihre Gedanken.

Ilona räusperte sich:´´. „Weißt du", begann sie vorsichtig, „damit hast du grundsätzlich Recht. Das ganze An- und Ausziehen braucht einfach viel zuviel Zeit. Wir sollten ihn immer so leicht bekleidet herumlaufen lassen. Dann sehen wir auch besser, wenn die Windel zwischen seinen Beinen durchhängt."

„Warum lassen wir nicht auch noch eine Hose weg?", fragte Peter. Als ihn die beiden Frauen ansahen, ergänzte er: „Gummihose und Unterhose – das ist doch doppelt gemoppelt. Außerdem sind Unterhosen etwas für größere Kinder, aber Babys tragen Gummihosen als Auslaufschutz für die Windel. Er ist jetzt wieder ein Baby, also wozu eine Unterhose? Lassen wir sie doch einfach weg – zumal sie die Gummihose ohnehin nur sehr spärlich bedeckt."

„Gute Idee", stimmte Sandra zu. Im nächsten Moment war sie bei mir und zog mir den Slip aus. Nun hatte ich nur noch die schon wieder halbvolle Windel und eine grüne Gummihose an.

Danach durfte ich spielen. Während sich die Erwachsenen ihren Gesprächen widmeten, konnte ich tun, was ich wollte. Nachdem ich eine Zeit lang mit Bauklötzen gespielt hatte, kroch ich unter den Tisch. Nun ging ich meiner Lieblingsbeschäftigung nach und schaute abwechselnd Sandra und Ilona unter den Rock. Das war mir nicht nur erlaubt, sondern die beiden begünstigten es auch noch, indem sie den Rocksaum bis zu den Oberschenkeln hochzogen oder gleich Miniröcke trugen. Ich durfte sogar von beiden die Muschi streicheln, ohne dass ich etwas auf die Finger bekam. Manchmal kam auch der Befehl „Gib Küsschen!", dann durfte ich das Geschlecht von der Anordnenden küssen oder auch lecken. Manchmal zog die Betreffende dann sogar ihren Slip aus oder verzichtete auf ein solches Kleidungsstück – Ilona war unter ihrem Rock gerne nackt, wenn sie zu Hause war. Auch an

Peter durfte ich herumspielen, aber mich interessierten die beiden Frauen mehr.

Während ich am Betrachten und Befummeln der beiden Vaginen war, ging oberhalb des Tisches das Gespräch weiter. Ich hörte nur mit halbem Ohr hin, bis ich ein paar Wortfetzen auffing: ‚Rock‘, schnelles Wickeln‘ und ‚große Auswahl‘. Jetzt war ich hellhörig!

„Er ist doch ein Junge, kein Mädchen", warf Sandra gerade ein.

„Er soll ja auch keine Muschi bekommen, sondern nur Röcke oder Kleider tragen."

„…und das auch nur in seiner Rolle als Baby!", betonte Ilona, „Dann könnte man ihm schicke Gummihöschen in Pink kaufen oder Schlüpfer mit Blumenmuster, Tierbildern oder sonstigen Abbildungen – du weißt doch selber, was es da alles an Motiven in normalen Damengrößen gibt. Dann brauchst du nicht mehr die teuren Adult-Baby-Sachen in Herrengröße kaufen, sondern kannst alles preiswert und bequem per Katalog oder Internet bestellen."

„Hm, ich weiß nicht…" Sandra klang skeptisch, aber sie schien der Sache nicht grundsätzlich ablehnend gegenüberzustehen. Vor allem die größere Auswahl bei niedrigeren Anschaffungskosten stieß auf ihr Interesse.

„Wollen wir es mal versuchen?", fragte Ilona.

„Okay, einen Versuch ist es wert. Dann suchen wir jetzt also gemeinsam ein paar Sachen aus?"

„Wir haben schon ein süßes Schlüpferchen und einen hübschen Minirock für den Kleinen."

Während Peter die Sachen holte, wurde ich unter dem Tisch nach oben befohlen.

„Ich weiß nicht", begann ich zu lamentieren.

Ilona und Sandra antworteten unisono: „Du hast nichts zu melden, das ist eine Sache für Erwachsene!"

Inzwischen war Peter zurück. Er hatte einen rosafarbenen Schlüpfer mit kleinem Beinansatz und einem aufgedruckten Pferdekopf dabei sowie einen dunkelblauen Minirock.

Schnell musste ich die Sachen anziehen. Trotz des leichten Beinansatzes vom Schlüpfer schauten die Ränder der grünen Gummihose darunter hervor, und durch das gesamte Windelpaket saß der Schlüpfer äußerst stramm.

Der Minirock wiederum hatte höchstens die Länge von einem Tennisrock, eher weniger. Bei jedem Bücken oder wenn ich auf allen Vieren krabbeln würde, konnte man mir unter den Rock sehen. Genau das begeisterte Sandra: „Dadurch hat man die Windel viel besser im Blick! Sehr schön!"

Ehe ich mich versah war die Entscheidung gefallen, mich aus Gründen der Einfachheit zukünftig wie ein Babymädchen anzuziehen.

„Rock hoch, Windel getauscht, Rock runter – fertig!" war die einfache Formel von Peter, die alle überzeugte. Außer mir, aber ich wurde nicht gefragt.

Den Rest des Abends musste ich Rock und Damenslip tragen. Dabei kam ich mir irgendwie komisch vor, aber außer den drei anderen sah mich ja niemand in diesem Aufzug. Und aufregend war es allemal – ich verbrauchte an diesem Abend tatsächlich mehr Windeln als üblich.

Auf dem Nachhauseweg trug ich wieder meine Jeans über dem dicken Dreierpack Windel-Gummihose-Unterhose. Tatsächlich hatten sie mir den Damenschlüpfer angelassen, während mein eigener Slip in Sandras Handtasche ruhte.

„Wie ist das für dich, weibliche Kleidung zu tragen?", fragte sie zögernd.

„Komisch, ungewohnt – und auch irgendwie aufregend. Es ist, als ob ich etwas Verbotenes machen würde."

„Es würde dich also nicht stören?"

Ich dachte kurz nach. Als ich zu Sandra hinüber sah, schaute sie mich an und ich glaubte so etwas wie freudige Erwartung in ihren Augen zu lesen.

„Ja, es ist für mich in Ordnung. Zieht mich wie ein Mädchen an und macht mich zum Babymädchen", sagte ich fest entschlossen.

Das machten die drei dann auch mit wahrer Begeisterung. Innerhalb kürzester Zeit hatte ich eine perfekte Ausstattung an Ober- und Unterbekleidung, die zwar in normalen Frauengrößen war, aber vom Aussehen und Stil her auch zu kleinen Mädchen passten. Lediglich auf den Kauf eines Büstenhalters verzichteten sie: „Erstens hast du keine Brüste, und zweitens tragen das auch keine kleinen Mädchen. Also brauchst du keinen BH, sondern nur Unterhemdchen." Die bekam ich dafür zur Genüge und mit viel Spitzenbesatz.

Am ersten Abend, an dem ich in voller weiblicher Bekleidung war, hagelte es Begeisterungsrufe! Auch für die drei Leute in den Rollen der Erwachsenen war meine optische Wandlung etwas Neues, und so kosteten wir alle vier die neue Situation weidlich aus. Ich ließ es mir nicht nehmen, mich so zu bewegen, dass mir immer jemand unter den Rock schauen konnte, während die Erwachsenen es genossen, mir beim Windelwechsel den Rock hochzuschieben und sich an meinen Damenhöschen zu ergötzen. Ilona hatte Recht gehabt: In der Unterwäscheabteilung für Frauen gab es sehr viele wunderschöne Höschen für ein erwachsenes Babymädchen! Ich genoss selber die große Auswahl und dachte mit Grausen an das beschränkte Sortiment in der Herrenabteilung.

Nachdem die Umstellung meiner Garderobe auf Damenwäsche im Girlie-Stil abgeschlossen war, wurde auch mein Spielzeugbestand einer kritischen Prüfung unterzogen. Hatte ich bislang zwei Teddybären, Bauklötze, Autos, Cowboy- und Piratenfiguren und vieles mehr in dieser Art, wurde das nun als ,nicht mädchenhaft' angesehen. Also wurden die Bauklötze durch eine Puppenküche inklusive Geschirr und die Autos durch einen kleinen Spielzeugherd mit Backofen ersetzt. Die beiden Teddybären durfte ich behalten, bekam aber zwei Puppen samt Bekleidung dazu. Die Figuren wurden auch nach und nach ausgetauscht und durch Krankenschwestern, Lehrerinnen und einfache Mädchen ohne berufliche Zuordnung ersetzt. Alles in allem entstanden dadurch hohe Kosten, aber da wir uns alle vier daran beteiligten, hielten sie sich für jeden einzelnen in Grenzen.

Bereits bei meinem zweiten Auftritt als Mädchen kam dann zusätzlich die Idee auf, dass ich nun auch einen Mädchennamen brauchen würde. Es wurde sehr viel diskutiert, aber wie üblich durfte ich nicht mitreden. „Babys bekommen ihren Namen nach der Geburt und können somit auch nicht mitreden. Warum solltest du also Sonderrechte haben? Nein das geht nicht!" Gut, diese Argumentation leuchtete mir ein. Ich konnte also nur abwarten, für welchen Namen sie sich entscheiden würden.

Ich muss zugeben, dass sie sich die Sache nicht leicht machten. Immer neue Namen wurden auf den Tisch gebracht und nach eingehender Prüfung und ausgiebiger Diskussion verworfen. Am Ende dieses langen Prozesses waren zwei Namen in der engeren Auswahl: Marianne und Denise. Während Peter mich gerne Marianne genannt hätte, stimmten Ilona und Sandra für Denise. Peter war skeptisch, aber die beiden Frauen wussten ihn bei einem wilden Dreier im Schlafzimmer zu überzeugen. Nun war ich erst vom Mann zum Windelträger, dann zum Windelbaby und nun zum Windelmädchen geworden. Eine unglaubliche Entwicklung – die mir aber ebenso gut gefiel wie mein neuer Babyname: Denise!

12. Vorführung

Mit der neuen Rollenverteilung gingen weitere Monate dahin. Im Beruf war ich nach wie vor ein Mann und machte meine Arbeit gut. Hin und wieder gab es eine Beförderung, die ich gerne annahm. Im Privatleben war ich in der gemeinsam mit Sandra bezogenen Wohnung sowie im Haus von Peter und Ilona ein Babymädchen namens Denise, ansonsten ebenfalls ein Mann. Allerdings: Unter meiner männlichen Kleidung verbarg sich neben einer Windel auch weibliche Unterwäsche, nämlich Slip und Unterhemd. Bei letzterem wurde Wert auf sehr viel Spitze und nach Möglichkeit Spaghettiträgern gelegt, um das Mädchenhafte zu unterstreichen. Gummihosen brauchte ich auswärts nicht mehr tragen, weil die nach Ansicht von Peter zu laut raschelten. Das war auch der Grund, weshalb man mir für solche Aktivitäten Windelpants statt der Windelslips anzog, also Windelhosen statt der klassischen Windel mit Klebeverschluss. Das verkomplizierte zwar den Windelwechsel, aber aus Sicherheitsgründen beschlossen meine drei Erwachsenen, dass es so besser sei.

Mir waren die Änderungen ganz recht, denn ich liebte inzwischen die Damenunterwäsche und wollte sie keinesfalls mehr missen. „Zudem", hatte Sandra es formuliert, „wird dich in Damenwäsche keine andere Frau bumsen – mit einer Windel vielleicht, aber in Damenslip und Hemdchen mit viel Spitze garantiert nicht. Du wirst also keine Chance zum Fremdgehen haben." Damit hatte sie sicher Recht, aber ich verspürte ohnehin kein Bedürfnis nach anderen Frauen, schließlich hatte ich zwei für sexuelle Spielchen. Eigentlich müsste man auch Peter dazuzählen, denn auch er berührte mich immer ungenierter unsittlich und ließ von mir sexuelle Handlungen an sich vornehmen – aber natürlich immer alles eingebunden in unser großes Rollenspiel. Wozu sollte ich also nach anderen Frauen Ausschau halten? Gut, ich hatte noch nie meinen Penis in der Muschi einer anderen Frau als Sandra versenkt, aber die mir täglich zuteil werdende Handarbeit sowie meine oralen Erlebnisse genügten mir. Zudem hielt man mich in der Firma immer noch für schwul.

Nachdem wir uns mehr als ein Jahr mit unserem Spiel vergnügt hatten, kam die Idee einer Erweiterung auf. Ich weiß nicht mehr, wer sie zuerst geäußert hatte, aber sie stand plötzlich im Raum. Also setzte das große Überlegen ein, wie man dem Spiel eine neue Würze geben könnte. Da wir bislang im geschützten Bereich einer Wohnung gespielt hatten, dauerte es nicht lange, bis über Außer-Haus-Aktivitäten gesprochen wurde. Da ich aufgrund meiner Rolle als Baby die Hauptperson sein würde, durfte ich an den Diskussionen teilnehmen.

„Als Babymädchen möchte ich nicht in der Öffentlichkeit auftreten", machte ich unmissverständlich klar, „wenn mich da jemand sieht, der mich kennt, bin ich erledigt!"

Das leuchtete den anderen ein.

„Das gleiche gilt doch dann aber auch für dich in Babysachen – schließlich ist es doch egal, ob dich jemand im Röckchen oder im Strampelanzug sieht, denn das Maul wird man sich in jedem Fall zerreißen."

Auch darüber herrschte rasch Konsens. Nun war aber guter Rat teuer, denn was blieb noch übrig?

Es war Sandra, die eine Idee hatte: „Wenn Denise als ganz normaler Mann in normaler Straßenkleidung herumläuft, fällt er nicht auf. Trägt er darunter Windel und Gummihose, fällt das auch nicht auf – damit hat er ja schließlich jahrelange Erfahrung. Geht er mit einer Frau Händchen haltend durch die Stadt, ist das auch unverdächtig, denn es könnte ja ein Liebespaar sein. Nur wir würden wissen, dass er in seiner Rolle als Baby geführt wird. Soweit alles klar?"

Wir nickten alle und warteten gespannt auf die Fortsetzung.

„Wenn die Windel dann randvoll ist, muss sie gewechselt werden – und in jedem Kaufhaus gibt es einen Wickelraum! Dort könnte man ihn frisch windeln. Das wäre dann zwar ein geschützter Raum, aber in gewisser Weise auch öffentlich."

„Die Wickelräume sind aber abgeschlossen und den Schlüssel gibt es nur beim Personal", gab Ilona zu bedenken, „und das gibt ihn nur an Mütter mit kleinen Kindern aus, aber ob sie ihn auch für einen Erwachsenen herausgeben würden?"

„Vielleicht ja", überlegte Peter, „wenn er zwar körperlich erwachsen wäre, aber geistig auf Kleinkindniveau?"

„Das könnte man uns aber ganz schnell als Geschmacklosigkeit auslegen!"

„Es muss ja keiner merken. Es sind ja viele Menschen mit geistigen Einschränkungen unterwegs, da fällt einer mehr nicht auf."

Jetzt waren alle Blicke auch mich gerichtet.

„Ich weiß nicht", wand ich mich, „einerseits würde es mich ja schon reizen, in einem Wickelraum frisch gewindelt zu werden, aber andererseits müsste ich dann die Rolle des geistig Behinderten überzeugend spielen. Ich habe meine Zweifel, dass ich das hinbekommen würde. Falls etwas schief gehen sollte, würde das Kaufhauspersonal mit Sicherheit die Polizei rufen. Die schreibt dann einen Bericht und auf solche Meldungen stürzt sich die Presse wie die Geier. Das könnte ganz schön nach hinten losgehen!"

Die anderen nickten verstehend. Trotzdem wollten sie die Idee nicht gleich verwerfen. Also sollte ich sofort in der Wohnung die neue Rolle annehmen und einen geistig Behinderten spielen. Ich gab mir große Mühe, aber am Ende waren wir uns alle einig: Ich konnte die Rolle nicht mal annähernd ausfüllen.

Also begannen die Überlegungen von vorne. Schließlich hatte Peter eine Idee: „An einer Autobahnraststelle oder einem Parkplatz! Wenn wenig Verkehr auf der Autobahn ist, dürfte das Risiko einer Entdeckung sehr gering sein und man könnte dort die nasse Windel gleich entsorgen."

Dieser Vorschlag wurde lange von allen Seiten beleuchtet. Schließlich wurde er für gut befunden. Klar war, dass ich auf diesen Fahrten als Mann auftreten durfte, weil ich in Rock oder Kleid bei einem zufälligen Beobachter vielleicht doch angeeckt wäre. Durch das Nummernschild am Auto hätte man uns schnell identifizieren können - wir wollten zwar unseren Spaß, aber niemanden brüskieren und erst recht keinen Ärger. Also wurde ich während des Sommers und bis weit in den Herbst hinein in meiner Freizeit zumindest zeitweise zu einem Mann. In wechselnder Begleitung fuhr ich also sowohl unter der Woche als auch an den Wochenenden herum und wurde auf verschiedenen Parkplätzen gewickelt. Anfangs spielten wir auch auf Rastplätzen, aber wegen der dortigen Gastronomie gab es immer sehr viel Verkehr, selbst in den hintersten Winkeln kehrte nur selten etwas Ruhe ein. Also ließen wir sie irgendwann aus.

Am Ende des Herbstes stellten wir dieses Spiel ein, denn da ich ja immer eine Zeitlang unten ohne war, hätte ich mich angesichts der zunehmenden Kälte verkühlen können. Während der Wintermonate war ich in meiner Freizeit wieder ausschließlich das Babymädchen Denise. Gemeinsam mit den drei anderen schwelgte ich in den Erinnerungen unserer Eskapaden. Zwar gab es nie irgendwelche Zeugen, die sich hätten gestört fühlen können, und der Reiz war auch irgendwie prickelnd. Aber es war nicht alles positiv, denn mir bereitete es zwar anfangs Freude, in gewisser Weise öffentlich gewickelt zu werden, aber ich vermisste meine Rolle als Babymädchen.

„Als Mädchen können wir dich da draußen nicht wickeln", meinte Sandra und wiederholte die Bedenken von der Einstiegsdiskussion.

„Ich weiß, aber mir macht es deshalb nur halb so viel Spaß. Das höhere Risiko möchte ich aber auch nicht eingehen." Mir war bewusst, dass ich gerade in die Rolle der Spaßbremse zu rutschen drohte.

„Denise hat Recht", ließ sich Ilona vernehmen, „ich sehe sie auch lieber im kurzen Rock und schicken Höschen als in Männerkleidung."

Sandra und Peter nickten zustimmend.

„Also sind wir uns einig: Keine Fortsetzung?", fragte Ilona.

Wir sahen uns alle an und nickten dann geschlossen. Ja, wir waren uns einig, das Parkplatzspiel nicht fortzusetzen.

Allerdings hatte es den drei anderen Spaß gemacht, mich zumindest vordergründig öffentlich vorzuführen. Ich selber hatte auch meine Freude daran, aber eben nur eingeschränkt. Darauf spielte Peter an, als er die Frage in den Raum warf: „Wie können wir Denise als Babymädchen vorführen?"

„Internetfilme?", fragte Ilona. Zum Glück hatte das Internet im Laufe der Jahre einen immer höheren Stellenwert gewonnen und war inzwischen ein wichtiges Kommunikationsmittel. Auch für die diversen Fetischgruppen gab es Fanseiten.

Dagegen erhoben Peter und Sandra den Einwand, dass man anhand der im Film sicher erkennbaren Raumaufteilung, Möbel und vielen Dingen mehr Rückschlüsse ziehen könnte. „Selbst zufällige Sichtungen könnten unser Rollenspiel gefährden!", merkte Sandra an.

„Suchen wir doch mal Seiten von erwachsenen Babys. Vielleicht gibt es darüber ja Kontaktmöglichkeiten zu Gleichgesinnten", schlug Peter vor.

„Warum jemand Neuen holen?", fragte ich schüchtern.

„Na ja, unser Rollenspiel ist ziemlich eingefahren. Jemand Neues hat vielleicht neue Ideen oder Impulse. Wenn wir so weitermachen wie bisher, könnte es irgendwann langweilig werden."

„Mir nicht!", erwiderte ich beinahe trotzig.

Sandra hatte die perfekte Gegenargumentation: „Wärst du ohne Tanja zu einem erwachsenen Baby geworden?"

Ich dachte kurz nach, dann schüttelte ich den Kopf.

„Wärst du ohne uns zu einem erwachsenen Babymädchen geworden und hättest du ohne uns die Parkplatzerlebnisse gehabt?"

Wieder musste ich verneinen.

„Na siehst du, wer weiß, was es noch für Ideen gibt, auf die keiner von uns kommt!"

Das leuchtete mir ein. Zwar hatte ich ein leicht mulmiges Gefühl, denn je mehr Menschen von meinem Faible erfuhren, desto größer das Risiko, dass sich jemand irgendwo verplappern würde. Trotzdem gab ich meinen Widerstand auf.

In den nächsten Wochen verbrachten meine drei Erwachsenen viel Zeit im Internet. Natürlich nicht gleichzeitig, weil ich zumindest von einem von ihnen Fürsorglichkeit einforderte. Das ging nicht immer ohne Frechheiten oder Plärren meinerseits, aber wenn ich dann den Popo versohlt bekam, hatte ich die uneingeschränkte Aufmerksamkeit meines ‚Babysitters'. Das war es mir wert, dafür nahm ich die Schmerzen gerne in Kauf.

Immerhin führten die umfangreichen Recherchen, Suchen und Gespräche schließlich zu einem Erfolg. Ein schon etwas älterer Mann namens Manfred meldete sich. Er hatte sich immer Kinder und Enkel gewünscht, aber wegen seiner Homosexualität waren sie ihm verwehrt gewesen. Er war in einer Zeit jung gewesen, als Homosexualität noch als Krankheit galt und man von Eheschließungen oder eingetragenen Partnerschaften weit entfernt war. Ihn reizte es, nun mit einem anderen Mann in der Rolle eines Babymädchens Kontakt zu haben und die Rolle des fürsorglichen Opas zu übernehmen. Damit ergänzte er wunderbar unsere bestehende Konstellation, denn noch eines Onkels oder einer Tante bedurfte es nicht.

Da Manfred überraschenderweise nur vierzig Kilometer entfernt wohnte, war die Entfernung ein leicht zu überwindendes Hindernis. Nach intensivem E-Mail-Austausch und langen Telefonaten wurde schließlich ein Treffen bei Peter und Ilona vereinbart.

Als es am vereinbarten Tag zur ausgemachten Zeit an der Haustür klingelte, bekam ich die Anweisung zum Öffnen. Das war zwar ein Stilbruch, weil ich dazu Gehen und nicht Krabbeln musste und zudem als kleines Mädchen niemals die Tür hätte öffnen dürfen, aber diesmal machten meine Erwachsenen eine Ausnahme.

Also machte ich mir vor Angst, dass jemand anderes vor der Tür stehen könnte, tüchtig in die Windel und öffnete vorsichtig. Es war tatsächlich Manfred, den ich anhand der vorab übersandten Fotos erkannte. Mich sah er nun erstmals, und dann gleich in hübscher Bluse mit Spitze und kurzem dunkelblauen Rock.

Er war von mir begeistert. Auch auf mich machte er in Natura den gleichen positiven Eindruck wie auf den Fotos, nämlich den einen gütigen, netten Opas.

Zur Begrüßung umarmte er mich.

„Denise, mein Schatz", ließ sich Sandra vernehmen, „gib dem lieben Opa Küsschen!"

Rasch und etwas verschämt hauchte ich auf jede von Manfreds Wange einen Kuss.

„Und nun krabbele vor uns ins Wohnzimmer", kommandierte sie weiter.

Mir war klar, warum ich das tun sollte – auf allen Vieren rutschte mein kurzes Röckchen so weit hoch, dass die lavendelfarbene Gummihose und das sich darunter befindende Windelpaket gut zu sehen waren. Auch wenn ich das Gefühl hatte, mich wie eine läufige Hündin zu präsentieren, gehorchte ich. Immerhin konnte ein Opa unseren kleinen Kosmos bereichern und das Rollenspiel befeuern.

Der Nachmittag und der Abend vergingen wie im Fluge! Es wurde viel gelacht und gescherzt, dazwischen ernsthaft gesprochen. Währenddessen war ich stets Mittelpunkt und hatte von allen die ungeteilte Aufmerksamkeit. Beim ersten Windelwechsel, der kurz nach Manfreds Ankunft nötig war, wurde ich von Sandra vor seinen Augen entblößt, gesäubert und gewickelt. Bevor ich aber die neue Windel angelegt bekam, zog Sandra an den Haaren einen Grund herbei, um mich mehrmals tüchtig auf den Popo zu hauen.

„Denise ist manchmal etwas frech, aber ein paar Popoklatscher mit der Hand oder einer Haarbürste bringen sie rasch zur Räson. Hilft das nicht, haben wir ein paar hübsche Paddle, mit denen sie dann tüchtig was hintendrauf bekommt. Das machen wir solange, bis sie verspricht, wieder lieb zu sein. Stimmt's, Denise?"

Ich nickte, denn wegen des dicken Schnullers konnte ich nicht sprechen.

Den zweiten Windelwechsel nahm dann Manfred vor. Sandra assistierte ihm und gab viele Tipps. Die Windel saß nicht ganz perfekt und es war klar, dass sie recht schnell auslaufen würde. Dennoch ließ Sandra das durchgehen. Allerdings verzichtete sie auf eine Gummihose und zog stattdessen einen schlichten weißen Damenschlüpfer über die Windel. Auf den Rock verzichtete sie ebenfalls. Manfred wirkte erstaunt, sagte aber nichts. Dann setzten wir uns nach draußen zu den anderen. Der Hof war nicht einsehbar, und so konnte ich mich dem Rollenspiel widmen.

Unterwegs nahm ich kurz den Schnuller aus dem Mud und raunte Sandra zu: „Die Windel sitzt nicht richtig, sie wird auslaufen."

„Ich weiß, deshalb ja auch nur der Schlüpfer über ihr. Lass es einfach wie immer laufen und tu so, als ob nichts wäre."

„Und wenn der Schlüpfer nass wird?"

„Dann wird er eben nass und du hast vor den Augen unseres Gastes ins Höschen gemacht. Ich will sehen, wie er auf das Malheur reagiert."

„Also ein Test?"

Sie nickte nur und steckte mir gleich darauf den Schnuller wieder in den Mund.

Es dauerte nicht lange und ich ließ den ersten Urinstrahl laufen. Noch fing ihn die Windel auf, aber mit zunehmender Menge klappte es nicht mehr: Wie erwartet lief mein Pipi an den Seiten aus der Windel, benetzte den Saum des Schlüpfers und breitete sich dann aus. Ganz plötzlich war das Höschen fast vollständig durchnässt.

Sandra wusste ja um das Leck und reagierte daher als erste: „Denise hat eingepullert! Das ganze Schlüpferchen ist nass!"

„Oh", machte Manfred, „habe ich etwas falsch gemacht?"

Sandra bestätigte es. Dann musste ich vortreten und alle begutachteten mein nasses Höschen.

„Das passiert, wenn die Windel nicht richtig sitzt."

„Sie hat gar nichts gesagt", wunderte sich Manfred.

„Das darf sie auch nicht – gemäß ihrer Rolle ist sie ein Babymädchen, das nicht beurteilen kann, ob die Windel gut oder weniger gut sitzt. Hätte sie etwas gesagt, wäre sie aus der

Rolle gefallen – aber Denise mit nassem Schlüpfer ist auch ein überaus süßer Anblick."

Bei diesen Worten grinsten alle Erwachsenen, während es mir ziemlich peinlich war. Mit voller Windel vor ihnen zu stehen, kannte ich zur Genüge, aber mit nassem Unterhöschen war neu für mich. es erinnerte mich an meine Anfangszeit, wo eine nasse Hose gewaltige Probleme bedeuten konnte. Jetzt dagegen machte ich die Erfahrung, dass es wohlwollend aufgenommen wurde. Man ließ mich noch eine Zeitlang mit der nassen Hose über der Windel spielen, dann kümmerte sich Manfred um mich. Sandra erklärte ihm nochmals jeden einzelnen Schritt und machte ihn darauf aufmerksam, was beim letzten Mal schief gegangen war. Langsam bekam er Übung - die nächste Windel saß garantiert auslaufsicher!

Als er sich von uns verabschiedete, umarmte er mich zum Abschied besonders herzlich und raunte mir zu: „Danke, dass du mir dieses tolle Erlebnis ermöglicht hast!" Ich drückte ihm mehrere besonders dicke Küsse auf die Wangen.

Von nun an lebten wir unser Rollenspiel abwechselnd an drei Orten aus. Die personelle Zusammensetzung war dabei unterschiedlich, und ich war manches Mal alleine bei Manfred. Mit Erlaubnis von den drei anderen und von mir gab er mir fortan auch sein Spezialfläschchen und kümmerte sich liebevoll um meine sexuellen Bedürfnisse. Mein Pimmelmännchen nannte er ‚Muschi' oder ‚Schlitz', weil das besser zu einem Mädchen passte. Die drei anderen Erwachsenen übernahmen das, und seitdem wurde von meinem Schlitz oder Schlitzchen gesprochen. „Ist ja nicht mal verkehrt, weil die Penisöffnung wie ein kleiner Schlitz aussieht", konstatierte Peter. Damit hatte uns die Erweiterung unseres Kreises nicht nur menschlich, sondern auch sprachlich einen Fortschritt gebracht.

13. Erstes Zerwürfnis

Mit dem Eintritt von Manfred in unseren Spielkreis kam tatsächlich neuer Schwung hinein. Durch die nun verfügbare dritte Örtlichkeit und der Rolle eines Großvaters ergaben sich zusätzliche Situationen. Zudem hatte Peter einen weiteren Sexualpartner zur Verfügung, allerdings erst, nachdem Manfred seine Gesundheit nachgewiesen hatte. Das war für ihn aber eine Selbstverständlichkeit, denn niemand von uns wollte sich etwas einfangen, schon gar keine tödliche Krankheit. Wir waren uns bei aller Unbekümmertheit im Spiel immer der lauernden Gefahr in Form von Gesundheitsrisiken bewusst und taten alles, um sie zu minimieren, inklusive einer ausschließlichen Beschränkung der sexuellen Kontakte auf Mitglieder unserer Gruppe.

Während die vier anderen es ganz normal wie erwachsenen Menschen trieben, hatte ich immer noch nur wenige sexuellen Erfahrungen in Bezug auf vaginale Kontakte. Zu gerne hätte ich mein Glied öfter in Sandra oder auch Ilona gesteckt, aber beide lehnten das unter Verweis auf meine Rolle als Baby ab Mehr noch, sie behaupteten jetzt, dass ich als Babymädchen keinen Penis haben würde, den ich in sie stecken könnte. Das klang zwar im Rahmen unseres Rollenspiels logisch und war somit in Ordnung, aber dennoch wurde ich mir mit zunehmendem Alter meiner Lust bewusst. Vor allem, wenn ich das lustvolle Stöhnen der beiden Frauen hörte, wenn sie von Peter beglückt wurden. Dass der es ihnen nicht nur mit dem Mund besorgte, wusste ich ganz genau – ich hatte sie durch das Schlüsselloch beobachtet. Dabei war ich gelegentlich von einem der anderen Erwachsenen erwischt worden, was mir einen tüchtigen Popovoll einbrachte, aber ich hatte Gewissheit, wie sie es hinter der Schlafzimmertür trieben.

Die Erinnerung an die unterschiedlichen Stellungen, die ich im Laufe meiner Spionageaktivitäten gesehen hatte, ließen mein Glied heiß und wild pochen. Ich wollte sie alle unbedingt selber erleben, am liebsten mit Sandra als meiner Freundin.

Als wir mal alleine in unserer Wohnung waren, sprach ich das Thema an. Ich erklärte ihr meinen Wunsch und versprach, dass ich nicht meine Rolle als Babymädchen aufgeben wolle, aber ein oder zweimal im Monat gerne ‚richtigen Sex' hätte.

„Das klappt nicht, wegen der Windel ist dein Unterleib zu warm und du bekommst keinen Ständer", erklärte sie mir, „das haben wir doch schon alles gehabt!"

Das war richtig, aber ich ließ nicht locker. Ich appellierte an ihre Experimentierfreude, die ich ja selber empfand, und deshalb wollte ich öfter vaginalen Sex mit ihr. Am Ende war sie ziemlich genervt und steckte mir einen Schnuller in den Mund. Das war unser Zeichen für das Ende der Diskussion. Ich nahm es hin, aber nur für den Moment.

An den nächsten Tagen brachte ich das Thema immer wieder auf den Tisch. Natürlich bekamen auch die anderen drei die zwischen Sandra und mir aufgebaute Spannung mit.

„Geh doch in einen Puff", schlug mir Ilona vor.

„Geht nicht", erklärte ich, „Windelträger bedienen sie dort nicht. Auch nicht in Dominastudios, da habe ich vor Jahren auch schon nachgefragt.

„Das ist Lichtjahre her, inzwischen hat sich viel geändert. Frag doch mal nach!"

Mit Erlaubnis von Sandra recherchierte ich also. In der weiteren Umgebung gab es tatsächlich mehrere Dominas, aber mehr als die Hälfte davon hatte schon auf ihrer Internetseite vermerkt, keine Spiele mit erwachsenen Babys zu machen. Die anderen hatten die gleiche Einstellung, aber das ergab sich dann erst bei den telefonischen Kontaktaufnahmen. Damit war das keine Lösung.

Schließlich wurde es Sandra zu bunt und sie kaufte in einem Sexshop eine aufblasbare Gummipuppe. Beim nächsten Treffen unserer Rollenspielgruppe präsentierte sie zu unserer aller Überraschung das Ding. Mich überraschte sie damit auch, denn mir war der Kauf nicht aufgefallen. Ich hatte auch nicht mitbekommen, wie sie die Puppe aufgeblasen hatte.

„Wie ihr alle wisst", begann sie, „möchte Denise immer mal wieder zu einem Mann werden und mich so bumsen, wie es Männer mit Frauen tun. Grundsätzlich habe ich kein Problem damit, aber ich weiß, dass er wegen seiner Windel keinen hochkriegt. Aber ich bin bereit, ihn zu testen." An mich gewandt fuhr sie fort: „Zieh dich aus und dann fick diese Puppe in die Möse. Wenn du es schaffst, innerhalb von zehn Minuten abzuspritzen, darfst du mich auf die gleiche Weise nehmen, wann immer wir beide dazu Lust haben. Schaffst du es aber nicht, ist das Thema hoffentlich endgültig durch. Die anderen sollen Zeugen sein. Also dann…"

Bei diesen Worten zog sie mir Rock und Schlüpfer aus, gleich darauf war die Windel entfernt.

„Leg los und fick die Puppe!"

Ich schaute in die erwartungsvollen Augen der vier anderen und dann auf die Puppe. Es war keine Schönheit, und die Ähnlichkeit von dem Produkt mit dem Bild auf der Verpackung lag Lichtjahre auseinander. Außerdem hatte Sandra Recht: Mein Glied war ganz klein, wie immer nach seinem Aufenthalt in einer Windel. Wie sollte ich es groß und dann auch noch steif bekommen? Dazu kam der Zeitdruck, denn ich sollte innerhalb von zehn Minuten abspritzen – und zwar in dem Loch der Puppe, dass eine Vagina simulieren sollte.

Ich versuchte mich ganz fest zu konzentrieren. Peter schaltete leise Musik an, wofür ich ihm dankbar war. Alle taten so, als wären sie nicht im Raum, und langsam kamen mir erotische Gedanken. Ich konzentrierte mich auf Peter und Sandra, wie sie in der Missionarsstellung und im Doggy Style gebumst hatten. So langsam kam etwas Bewegung in meinen Penis.

Sandra trat splitternackt auf mich zu und meinte: „Fass mich an, vielleicht wirst du dann geil."

Also befummelte ich vor aller Augen meine Freundin, und tatsächlich wurde mein Glied groß und steif – aber nicht so hart wie es sonst immer wurde, wenn ich es von den anderen mit der Hand bekam. Trotzdem wollte ich es schließlich wissen und steckte es in die Puppe. Schon nach wenigen Stößen brach die halbe Erektion in sich zusammen und außer dem Vorsamen trat nichts aus. Trotzdem rammelte ich weiter, aber es war schnell klar, wie aussichtslos es sein würde.

Enttäuscht zog ich mich aus der Gummipuppe zurück. Sofort war Sandra an meiner Seite und nahm mich tröstend in den Arm. Während sie mir ein „Nicht so schlimm, aber das passiert dir nun einmal immer wieder" ins Ohr flüsterte, streichelte ihre Hand mein Glied. Schon nach den ersten Berührungen war es steif und hart, nach wenigen weiteren Liebkosungen spritzte ich in hohem Bogen ab.

„Deine Bestimmung ist nicht das Bumsen wie Erwachsene", sagte sie, „sondern du hast eine andere Art der sexuellen Entspannung."

Damit konnte ich nichts anfangen.

„Vielleicht wäre ich in dir gekommen", maulte ich.

„Vielleicht – aber da es in der Vergangenheit nicht geklappt hat, frage ich mich, warum es jetzt klappen sollte."

„Gib mir eine Chance!", bettelte ich.

Um des lieben Friedens willen gaben mir Sandra und auch Ilona in den nächsten Wochen mehrere Chancen. Das Ergebnis war frustrierend: Entweder legte ich die Windel kurz vor dem Geschlechtsakt ab und konnte dann nicht, oder ich entfernte sie ein bis zwei Stunden vorher – dann konnte ich in der Vagina abspritzen, aber vor lauter Aufregung war mein Schlüpfer klatschnass. Die Lehre daraus war, dass ich nur für Handarbeit und Oralsex taugte.

Leider hatte mein vehementes Bestehen auf ‚richtigen Sex' bei Sandra zu einer Verstimmung geführt. Vielleicht lag es auch an meinen vielen Fehlversuchen, die sie ja vorhergesagt hatte und die sie mit Sicherheit furchtbar genervt hatten. Nach jedem meiner missglückten Versuche wurde ich ins Bett gesteckt und sie ließ es sich von Peter oder gleich von Peter und Ilona besorgen, während ich zuhören durfte. Seitdem war alles irgendwie anders.

14. Von der Mami zum Papi

Im Laufe der nächsten Wochen war unser gemeinsames Rollenspiel spürbar kühler als vor meinem Sexwunsch. Ich machte mir große Sorgen über den Zusammenhalt, gleichzeitig aber auch enorme Vorwürfe, weil ich der Auslöser für diese Situation war. Immerhin hatte ich den Eindruck, dass Sandra weiter meine Freundin bleibe wollte, aber eben unter der Bedingung, dass sie nach Herzenslust mit Peter und Ilona bumsen konnte.

Schließlich kam das Unvermeidliche, nämlich eine klärende Aussprache. Dabei wurde mir bewusst, dass die anderen hinter meinem Rücken regen Kontakt gehabt und alles analysiert hatten. Mir wurde eigentlich nur noch das Ergebnis präsentiert.

Ilona eröffnete den Reigen mit den Worten: „Sandra und Denise brauchen eine Beziehungspause." Als sie meinen entsetzten Blick bemerkte, fügte sie eilig hinzu: „Beziehungspause, nicht Beziehungsende!"

„Du ziehst einfach eine Weile zu jemand anderem, bei dem du als Babymädchen leben kannst. Während du dort zur ‚Ruhe kommst, versuchen wir anderen hier herunterzukommen", erläuterte Sandra den Plan, „in einem Monat oder vielleicht auch in zwei Monaten ziehst du wieder zu mir und wir treffen uns zum Spiel. Dann sollte alles wieder wie vorher sein."

Ich hätte gerne dagegen argumentiert, aber das Prinzip schien vernünftig durchdacht zu sein. Wenn ich weiter mit

Sandra unter einem Dach wohnen würde, könnten wir niemals Abstand von meinen missglückten Fickversuchen bekommen. Ein kurzzeitiger Umzug wäre vielleicht die Lösung. „Aber wohin soll ich denn ziehen?", legte ich den Finger auf die in meinen Augen einzige Schwachstelle.

Doch auch darauf hatten sie eine Antwort: „Zu Manfred. Ihr kennt euch, bei ihm kannst du ganz normal deine Rolle als Babymädchen ausleben und er kümmert sich ausgieb g um dich."

Das schien sinnvoll zu sein.

„Aber", mischte sich jetzt Manfred ein, „wie ihr alle wisst, bin ich schwul, und wenn ich so einen knackigen Mann bei mir habe, werde ich sicher scharf, auch wenn er Frauensachen trägt." An mich gewandt fuhr er fort: „Dich mit der Hand abzumelken ist kein Problem für uns beide, auch oral hast du mich schon verwöhnt. Wenn du bei mir wohnst, dürfte mich das ziemlich geil machen, so dass ich dich hin und wieder gerne anal bumsen würde. Das wäre dann allerdings außerhalb deiner Rolle als Babymädchen, dann dürftest du eine ganze Frau sein – oder ein Mann, wenn dir das lieber wäre."

Analsex – ich wusste, dass es Peter den beiden Frauen auch des Öfteren auf diesem Wege besorgte, aber ob ich Manfreds Ding hinten drin haben wollte? Es war lang und schlank, das wusste ich von unseren oralen Vergnügungen, aber im Po?

„Vielleicht werde ich auch nicht geil, bin ja nicht mehr der Jüngste", versuchte Manfred zu beschwichtigen, „aber darauf verlassen würde ich mich nicht. Du könntest natürlich auch in deine alte Wohnung ziehen und ich besuche dich gelegentlich, aber mehr Optionen sehen wir nicht."

Das hatten wir gemeinsam – die fehlenden Alternativen zur Problemlösung.

Wieder einmal atmete ich in meinem Leben tief durch und traf eine Entscheidung: „Gut, machen wir es so, für einen Monat: Ich ziehe zu Manfred."

„Und das andere?"

Ich sah ihn lange an. Dann gab ich seufzend nach: „Wenn du so scharf wirst, dass du Sex brauchst, dann nimm mich eben, aber bitte als Mädchen."

Danach lagen wir uns alle in den Armen. Die Erleichterung war jedem von uns anzumerken.

Schon am nächsten Tag wurde ein erheblicher Teil meiner Mädchensachen zu Manfred gefahren. Ich fuhr in männlicher Kleidung mit meinem Auto hinterher, denn das würde ich für den Weg zur Arbeit brauchen.

Bei Manfred angekommen, schlüpfte ich sofort wieder in die Rolle des Babymädchens Denise. Da der Umzug an einem Freitag stattfand, gab es genug Zeit zum Eingewöhnen, denn das Arrangement sollte ja einen Monat dauern.

An dem Freitag spielten wir alle gemeinsam unser Rollenspiel. Spät am Abend fuhren dann Sandra, Peter und Ilona ab. Nun war ich mit Manfred alleine.

„So, meine Süße", begann er, „jetzt aber husch, husch ins Bettchen mit dir! Es ist viel später geworden, als es für dich gut ist!"

Er zog mich bis auf die Windel aus und begleitete mich ins Badezimmer. Dort beaufsichtigte er mich beim Zähneputzen, setzte mich auf das Töpfchen und wickelte mich nach dem Saubermachen. Er ging voll und ganz in der Rolle des liebevollen Opas auf. Seine ganzen Handlungen entsprachen dem, was ich von ihm, aber auch von den anderen kannte. Die Ausnahme war, dass ich nun nicht im Gästezimmer, sondern in seinem Schlafzimmer schlafen musste – bei dem darin befindlichen Doppelbett war das kein Problem, aber für mich neu.

Als ich mit Windel, Gummihose und gelbem Damennachthemd mit bunten Aufdrucken vor dem Bett stand, fragte ich: „Warum kann ich nicht im Gästezimmer schlafen?"

„Dort hast du mit Sandra geschlafen, so dass sie dich unter Aufsicht hatte. Jetzt sind wir alleine und ich habe für dich die Verantwortung. Also möchte ich, dass du bei mir schläfst – ich werde dich aber nicht anfassen oder vergewaltigen, keine Sorge!"

„Wenn du mich anfassen willst, dann in meiner Rolle als Babymädchen", bat ich.

Er versprach es. Die Überraschung über mein Angebot war ihm anzusehen. Er hatte wohl damit gerechnet, dass ich mich zieren würde.

Die Nacht verlief ereignislos, abgesehen von meiner fast überlaufenden Windel – neben einem schwulen Mann zu liegen, von dem man weiß, dass er einen gerne besteigen würde, ist ein komisches Gefühl. auch dann noch, wenn man zusammen schon Oralsex hatte und miteinander sehr vertraut war.

Am anderen Morgen lief die übliche Morgenroutine ab: Ich wurde geweckt, aufs Töpfchen gesetzt, geduscht und frisch gewickelt. Der Rest des Tages verlief ohne Überraschungen im gewöhnlichen Alltagstrott. Ehe ich mich versah, war sogar eine ganze Woche verstrichen.

In der zweiten Woche änderte Manfred etwas: Nun gab es sehr oft Speisen, die ich nicht mochte! Sein Credo war: „Gegessen wird, was auf den Tisch kommt! Kleine Mädchen bestimmen nicht den Essensplan!"

Am Anfang spie ich das Essen getreu meiner Rolle aus. Das kam aber überhaupt nicht gut an: „Das gute Essen! Du Rotzgöre!" Dann versohlte er mir den Popo, erst mit der Hand und danach noch mit einem Kochlöffel. Diesen Vorgang wiederholten wir noch zweimal, dann wollte ich keine Hiebe mehr bekommen und nahm das Essen widerwillig ein.

Nach der zweiten Woche war es dann soweit: Es war Samstag, Manfred hatte mich gerade saubergemacht und ich rechnete mit einer neuen Windel. Stattdessen fragte er mich: „Duhu, darf ich dich etwas fragen?"

„Ja, natürlich."

„Ich – ich möchte dich bumsen. Darf ich?"

„Du – du willst mich - bumsen? In den - Po?" Meine Stimme muss ziemlich entsetzt geklungen haben, denn ich erntete einen verlegenen Blick.

„Nun ja, wir hatten ja darüber gesprochen…"

Natürlich wusste ich, was er meinte. Ich hatte sogar zugestimmt. Nun war also die Stunde der Wahrheit gekommen.

„Ich bin ein Babymädchen und du mein Opa", warf ich ein.

„Ja, das sind wir, aber nur im Spiel. In Wirklichkeit sind wir zwei Erwachsene, die ihre sexuellen Vorlieben ausleben wollen. Du hast schon Oralkontakt zu Peter und mir gehabt, also ist dir die Liebe unter Männern nicht ganz fremd. Du kannst gerne die Rolle einer Frau einnehmen, wenn du dich dann besser fühlst. Du wirst sehen, dass es dir sehr gut gefallen wird."

„Aber – ich bin keine Frau, ich will ein Babymädchen sein!"

Manfred nickte verständnisvoll, bevor er mir ruhig erklärte: „Jetzt sei nicht gleich bockig, das ist alles halb so schlimm. Natürlich kannst du weiter Windeln und Gummihöschen tragen und das Babymädchen Denise sein, aber hin und wieder wäre es schön, wenn du zu einer ‚Frau' werden würdest – und ich wäre dann dein Mann, der die ehelichen Pflichten einfordert."

„Können – können wir es nicht beim Kuscheln belassen? Meinetwegen auch küssen?"

„Süße, ich bin ein Mann und Männer müssen immer mal wieder Sex haben, sonst wird es im Hodensack unangenehm. Dein süßer Popo gefällt mir, und vielleicht kannst du mich etwas anheizen? Ich habe auch Reizwäsche hier."

Als er bemerkte, dass ich innerlich mit mir rang, schlug er vor: „Lass uns einen Kompromiss machen: Tagsüber trägst du Windeln und Gummihöschen und bist ein Babymädchen, abends bist du eine Frau und trägst Dessous. Was meinst du?"

„Und mein Problem mit der Stressinkontinenz?"

…"Stimmt, das ist ein Problem", räumte er ein, „und wenn du deine Damenhöschen plus Windel trägst, dich aber wie eine erwachsene Frau benimmst?"

„Ich weiß nicht, ich bin doch ein erwachsenes Baby, keine Frau", presste ich hervor.

„Ach komm, diese ganze Windelgeschichte ist doch Unsinn, du bist erwachsen und brauchst überhaupt keine Windel."

„Doch, wenn ich aufgeregt bin, nässe ich ein, das weißt du."

Kaum hatte ich das gesagt, fühlte ich etwas Warmes aus meinem Glied fließen.

„Ich glaube, dass du das nur simulierst! Du bist gerne ein Babymädchen, weil du dann wie eine kleine Diva verhätschelt und verwöhnt wirst, ohne auch nur irgendeine Gegenleistung erbringen zu müssen. Richtig, Fräuleinchen?"

„Ich weiß nicht."

„Könntest du dir vorstellen, mir zuliebe für ein oder zwei Stunden zu einer Frau zu werden?"

Ich zögerte kurz, aber im Grunde hatte ich es ja versprochen und konnte jetzt keinen Rückzieher machen. Das heißt, theoretisch natürlich schon, aber das wäre Manfred gegenüber unfair gewesen. Also willigte ich ein und fragte verschämt: „Wo?"

Er führte mich ins Schlafzimmer. Dort wurde mir bewusst, dass ich splitternackt war, weil ich ja eigentlich gewickelt werden sollte. Aus den Augenwinkeln sah ich, wie sich Manfred auszog. Sofort wurde mein Harndrang wieder stärker.

„Ich muss pinkeln", rief ich.

„Zieh dir eine Windel an und leg dich dann aufs Bett. Aber beeil dich!"

Rasch rannte ich ins Bad und zog eine Höschenwindel an. Dabei dachte ich, dass mein Po ja nun nicht gebumst werden könnte.

Dann ging ich rasch ins Schlafzimmer zurück und legte mich auf das Bett. Manfred war in der nächsten halben Stunde sehr zärtlich: Er streichelte mich überall und küsste und leckte meine Nippel. Obwohl ich von einem Mann und nicht von einer Frau verwöhnt wurde, reagierte mein Glied sofort.

Manfred schaffte es, mich nach allen Regeln der Kunst aufzugeilen! Als ich es nicht mehr aushielt, ging ich im Bett auf alle Viere, zog mir mit einem Ruck die nasse Windel runter und präsentierte ihm mein Gesäß.

„Fick mich, bitte, bitte fick mich!", forderte ich ihn auf.

Sofort hatte er mich an den Hüften gepackt und sein Glied an meinen Hintereingang gepresst.

„Das ist schön, Süße, so schön! Bleib schön locker - ich will rein.- rein in dich, dich bumsen - Gott, bin ich geil!"

Das war er wirklich, ich konnte sein erigiertes Glied spüren.

„Du – du bist zu groß für mich", wagte ich einzuwenden, „lass mich deinen Schwanz lutschen."

„Nein, dein Hintern ist – so geil…"

Damit steckte er mir seine Eichel in das Poloch, und nur Sekundenbruchteile später schob er seinen Schaft in meinen Darm. Trotz seiner Geilheit vergaß er nicht, dass ich ein Anfänger auf dem Gebiet des Analsex war. Er bewegte sich sehr vorsichtig in mir. Er war aber auch sehr aufgeheizt, denn nur Sekunden nach dem Eindringen spürte ich eine warme Flüssigkeit in mir - Manfred hatte sich in mir ergossen! Trotzdem stieß er noch ein paar Mal zu, bevor er sein Glied aus mir herauszog.

„Zieh die Windel hoch!", kommandierte er mit keuchender Stimme, „dann tropft nichts auf das Bett."

Ich gehorchte – keine Sekunde zu früh, denn die Aufregung über meinen ersten Analsex ließ das Pipi schon aus mir herausströmen. Gleichzeitig hatte ich das Gefühl, dass mein Darm das fremde Sperma abstieß und aus meinem Poloch tropfen ließ. Ich blieb liegen und genoss einfach nur den Augenblick und die sich weiter füllende Windel.

Nach einer Weile erhob ich mich und ging rasch ins Bad, um mich zu säubern. Als ich mein Poloch reinigte, wurde ich beim Anblick des Waschlappens blass: „Manfred, bitte, komm schnell!"

Gleich darauf erschien er im Türrahmen.

Ich hielt ihm mit zitternder Hand den Waschlappen hin: „Blut", hauchte ich, „ich blute. Du hast meinen Po kaputt gemacht."

Er atmete tief durch. Dann nahm er mich beruhigend in den Arm: „Du Dummerchen, das ist normal, so etwas kann passieren. Dein Darm ist etwas eng für meinen Schwanz, da kannst du durch die Fickbewegung etwas wund werden. Deshalb soll man ja auch nie mehr als zwei Nummern hintereinander schieben. Du gewöhnst dich daran, also kein Grund zur Sorge!"

Ich war nicht wirklich beruhigt, aber auch nicht mehr so entsetzt wie am Anfang.

„Komm, ich wickle dich. Ab jetzt bist du wieder meine Enkelin, das kleine Babymädchen."

Da ich bereits nackt war, ging das Wickeln ganz schnell. Innerhalb von wenigen Minuten war ich wieder das auf den Knien krabbelnde Babymädchen Denise, das einen riesigen Schnuller im Mund hatte.

„Du siehst so scharf aus", flüsterte er andächtig.

Ich bemerkte erst jetzt, dass er splitternackt war, aber klar, wir hatten ja eben eine Nummer geschoben.

Im ersten Moment war ich etwas unschlüssig, aber dann dachte ich mir ‚Was soll's', kroch zu ihm und nahm unterwegs den Schnuller aus den Mund. Ohne lange zu fackeln vergaß ich in den nächsten Minuten meine Rolle, stülpte meinen Mund über sein Glied und begann es zu saugen. Es dauerte etwas, bis er kam, aber schließlich schoss sein Sperma in meinen Mund. Da das sein zweiter Erguss innerhalb von einer Stunde war, kam nun weniger Saft, so dass ich alles recht gut schlucken konnte.

„Das tat gut, so guuuuut!", stöhnte er voller Befriedigung.

Verstohlen wischte ich mir den Mund ab, steckte wieder den Schnuller in meinen Mund und krabbelte ins Wohnzimmer. Dort widmete ich mich dem Spiel mit meinen Puppen.

Nach einiger Zeit kam Manfred angezogen ins Zimmer. Er setzte sich auf das Sofa, schaute mich zärtlich an und sagte: „Du bist so süß! Einfach unglaublich!"

Ich erhob mich, ging zum Sofa und kuschelte mich an ihn. In seinen Armen fühlte ich mich geborgen. Um ihm meine Zuneigung zu zeigen, versprach ich ihm: „Auf die Windel kann ich nicht verzichten, aber wann immer du mich bumsen möchtest – tu es!"

„Das ist wirklich lieb von dir, Denise." Zärtlich küsste er meinen Kopf. Dann bewies er mir seine Dankbarkeit: Er schob seine Hand unter meinen Rock und sogar in die Windel. Dann streichelte er solange meinen Schlitz, bis ich mein Sperma in die Windel spritzte. Danach gingen wir gemeinsam ins Bett um zu schlafen.

Die kommenden Wochen waren sehr angenehm. Tagsüber ging ich meiner Arbeit nach, danach lebte ich als Babymädchen und wurde von Opa Manfred umsorgt und verwöhnt – sogar beim Essen gab es wieder Sachen, die ich mochte. Ich befüllte meine Windeln nach Herzenslust, und immer, wenn ihn die Lust überkam, durfte er mich nehmen. Er war davon so

begeistert, dass wir es nicht immer bis ins Bett schafften, sondern er mich gleich auf dem Wohnzimmerboden oder in der
Küche nahm.

Irgendwann erlaubte er mir, ihn ebenfalls anal zu nehmen.
Das tat ich auch, mehr aus Neugierde denn aus Überzeugung.
Es war anders, irgendwie gut, vor allem, weil ich einen Samenerguss hatte! Dennoch sehnte ich mich nach einer Vagina, nach einer Frau, mit der ich es treiben konnte.

Aus dem vereinbarten Abstand von einem Monat wurden
zwei, dann drei. Nach zwei Monaten traf sich unsere Rollenspielgruppe immer mal wieder. Die Luft schien sich gereinigt
zu haben, das Gewitter war vorüber. Mit etwas Wehmut und
viel Freude zog ich nach einem weiteren Monat wieder zu
Sandra zurück.

15. Rückkehr zur Mami

Leider täuschte der Schein, und nach anfänglich über-schwänglichen Spielen spürten Sandra und ich wieder diese gewisse Distanz zwischen uns. Wir liebten es, miteinander unser Rollenspiel zu leben, aber für eine gemeinsame Zukunft schien es nicht mehr zu reichen. Zu allem Überfluss hatte sie auf der Arbeit einen Mann kennen gelernt, der in die Sadoma-so-Richtung ging und den devoten Part innehatte.

„Ich möchte ihn nicht missen", erklärte mir Sandra, „denn er ist sehr potent und kann immer. Bei dir ist das ja etwas an-ders."

Ich verwies auf meine Samenergüsse in Manfreds Kehrsei-te, und so ließ mich Sandra mehrmals ran. Leider konnte ich nur bei einem knappen Drittel abfeuern, bei den restlichen Malen musste ich mit Hand und Zunge nacharbeiten.

Trotzdem gab mich Sandra nicht auf. Sie hatte nun eine Menage à trois und traf sich abwechselnd mit ihrem Diener und mit mir, ihrem Babymädchen. Um das Ganze nicht zu verkomplizieren, zog ich in meine alte Wohnung zurück. Mit Ausnahme der Windeln und Gummihosen blieb alles andere bei Sandra zurück, damit es bei unseren Spieltreffen griffbereit war.

Da auch der Kontakt sowohl zu Ilona und Peter als auch zu Manfred dünner wurde, musste ich mich neu positionieren. Bei Manfred war es die Gesundheit, die ihn langsam verließ, bis schließlich Krebs festgestellt wurde. Als die Diagnose kam, brach er den Kontakt zu uns allen ab, damit wir ihn so in Erinnerung behalten konnten, wie wir ihn kennen gelernt hatten.

Er wollte nicht, dass wir ihn als ‚siechens Wrack' sahen und so in Erinnerung behalten würden.

Ich war inzwischen Ende Vierzig und soweit abgeklärt. dass ich nach und nach mein Problem offenbarte. Zu meiner Überraschung wussten bereits alle Bescheid!

„Manchmal hat ein Zipfel der Gummihose oder der Windel aus der Hose herausgeschaut, aber wir haben uns irgendwie nicht getraut, dich darauf anzusprechen!", lautete die Erklärung.

Eine Kollegin hatte sich von ihrem Mann getrennt und eine hässliche Scheidung hinter sich. Mit ihr kam ich wiederholt ins Gespräch, und eines Tages offenbarte sie mir: „Ich mag dich, Windel hin oder her. Wollen wir es versuchen?"

Ich willigte ein. Wir kamen uns näher, und wann immer ich wollte, spreizte sie für mich die Beine. Klappte es nicht, tat sie es mit einem ‚Macht nichts!' ab und praktizierte an mir solange Oralsex, bis es mir kam. Dann ließ sie sich von mir mit den Fingern von einem Höhepunkt zum nächsten vögeln.

Damit hatte ich nun also zwei Frauen in meinem Leben: Eine Ehefrau, die mich als Windeln tragenden Mann akzeptierte, und Sandra, meine Mami, bei der ich ein Babymädchen sein durfte.

Natürlich hatte ich bei Steffi, meiner Frau, immer mal wieder vorgefühlt, wie sie zu einem Rollenspiel stehen würde, aber ich erntete nur Ablehnung. Also gab ich es irgendwann auf und wechselte fortan zwischen zwei Welten hin und her.

Im Laufe der Zeit wurde Sandra jedoch immer strenger. Wahrscheinlich konnte sie sich bei mir nicht von ihrer Rolle als Herrin lösen, und so bekam ich immer öfter Hiebe. Anfangs waren es noch die mir bekannten Kochlöffel und Paddle, aber irgendwann ging sie zum Ledergürtel und sogar zum Rohrstock über. Das war nun gar nicht mehr meine Welt, aber ich betrachtete die Hiebe als Preis für meine Stunden als Babymädchen.

Trotz der ganzen Geheimniskrämerei funktionierte alles ein paar Jahre lang sehr gut. Dann tauchten irgendwann einzelne Hinweise auf, die man im Nachhinein als Warnzeichen deuten konnte. Angefangen hatte es damit, dass Steffi eines Tages die Striemen vom Stock auf meinem Popo sah. Ich erzählte ihr, dass ich mich hatte hinreißen lassen, in einer Art Selbsterfahrung ein Domina-Studio aufzusuchen. Von meiner bestehenden Beziehung mit Sandra erzählte ich wohlweislich nichts.

Steffi nahm das Ganze zum Anlass, sich hintergangen zu fühlen. „Windeln sind in Ordnung, das ist gesundheitlich bedingt", erklärte sie, „aber Schläge und alles andere ist pervers!" Von dieser Stunde an durfte ich sie nicht mehr anfassen.

Sandra ging auch immer mehr in der Welt des BDSM auf. Ich spürte instinktiv, dass sie nur noch aus alter Gefälligkeit meine Mami spielte, ihr aber ein Sklave lieber war. Sie fragte mich auch mal wie nebenbei, ob ich mir ein Leben als Windel tragende Zofe unter der Peitsche einer Herrin vorstellen könnte. Einem ersten Impuls folgend verneinte ich. Ein Fehler, denn vor kurzem hat sich Sandra von mir getrennt, weil sie sich ganz ihrem neuen Freund widmen will, weil „der noch viel Erziehung braucht", wie sie sich ausdrückte.

Im gleichen Monat trennte sich auch Steffi von mir. Sie hat jetzt einen anderen Freund, den sie in einem Sportkurs kennen gelernt hat. Immerhin hat ihr Auszug Platz geschaffen, um meine ganzen Sachen aus Sandras Wohnung abholen und bei mir einlagern zu können. Nach und nach schaue ich jetzt alles durch und werfe manches weg.

Immerhin haben alle, die von meiner Inkontinenz und meinem Rollenspielfaible wissen, bis heute geschwiegen. Sie hatten es mir versprochen, und ich zweifle nicht daran, dass sie ihr Wort halten werden. Manfred kann es ohnehin nicht mehr brechen, weil er zwischenzeitlich verstorben ist.

16. Zurück in der Einsamkeit

Das war sie nun also, die Geschichte von dem Mann, der am Ende eines langen Weges zum Babymädchen geworden war. Diese Entwicklung war am Anfang nicht absehbar, denn da wollte ich nur das Problem der Stressinkontinenz in den Griff bekommen. Was sich daraus alles entwickelt hat, hätte ich nie für möglich gehalten. Eines aber steht fest: Ohne die Unterstützung von Tanja, Sandra, Peter und Ilona wäre es nie so weit gekommen. Die vier haben mir gezeigt, dass man mit etwas Phantasie auch einem Problem viele schöne Seiten abgewinnen kann. Auch wenn die Beziehung mit Sandra letztlich gescheitert ist, bewahre ich mir eine wunderbare Erinnerung an die rückblickend schönste Zeit meines Lebens. Das ist allerdings nur ein sehr schwacher Trost dafür, dass ich am Ende der Geschichte wieder alleine bin. Allerdings bin ich nicht nur älter, sondern auch ruhiger und gelassener geworden. Das bedeutet weniger Stress und immer häufiger eine trockene Windel. Macht aber nichts, dann nässe ich eben zum Vergnügen ein!

Ich genieße die Freiheit, die mir die Windel zwischen den Beinen beschert. Früher hatte ich mich aus Angst vor einer nassen Hose und dem Hohn und Spott der anderen kaum aus dem Haus gewagt, aber nun bin ich viel selbstbewusster. Wer weiß, vielleicht findet sich ja doch noch einmal die große Liebe, die mich so nimmt, wie ich bin. Umgekehrt wäre ich dazu auch bereit, denn jeder hat sein kleines Geheimnis, seine

Wünsche und Träume. Mit etwas Entgegenkommen kann in einer Beziehung jeder seine Erfüllung finden.

Was aus Tanja und Manuela geworden ist, weiß ich nicht. Manfred ist, wie schon erwähnt, bedauerlicherweise verstorben. Von den anderen weiß ich, wie es weitergegangen ist, aber das verrate ich nicht. Damit sie nicht durch Zufall enttarnt werden, habe ich in diesem Buch alle Namen geändert, selbst meinen eigenen.

Tja, und während draußen ein neuer Sonntagmorgen beginnt, sitze ich einsam in meiner Wohnung, schwelge in Erinnerungen und schreibe diese Sätze. Ich habe tatsächlich die ganze Nacht durchgeschrieben, um den Schluss fertig zu bekommen, aber nun spüre ich eine bleierne Müdigkeit. Trotz des heraufziehenden Tages werde ich gleich in mein Bett fallen und sicher tief und fest schlafen. Aber zuvor werde ich meine Windel wechseln, denn um das Schreiben nicht zu unterbrechen, habe ich mir nicht die Zeit für Toilettengänge genommen. Dass sich langsam in die Windel ergießende Pipi sowie das anschließende Gefühl wohliger Wärme zwischen den Beinen hat meine Erinnerung immer weiter angekurbelt. Aber nun läuft die Windel gleich über, und da dieses Buch jetzt ohnehin fertig ist, kann ich sie ja wechseln gehen.

Ebenfalls von Gerd Süßmann lieferbar:

Windelpoesie
Gedichte eines Adult Babys

ISBN 978-3-7494 7033-4

Aus dem Leben eines Adult Babys

Ein Erwachsener mit Windel

Kurzgeschichten

ISBN 978-3-7519 2138-1

Topfgedanken

Essays über das Leben als Adult Baby

ISBN 978-3-7519 2177-0